In Our Time, In This Moment

Susan Sontag

この時代に想う テロへの眼差し

スーザン・ソンタグ

NTT出版

この時代に想う　テロへの眼差し　目次

■本文中の［　］は訳者による補足ないし註を示します。各章末の註記はことわりのない限り編集部によるものです。

A Collection of Essays
by Susan SONTAG
Japanese translation published by
agreement with the author and the author's agents,
the Wylie Agency, by arrangement through
the Sakai Agency

この時代に想う　テロへの眼差し

In Our Time, In This Moment

序

本書に収録された著述はすべて、ある意味で、「時に応じて」書いたものであり、私の仕事のなかでも典型的なものとは言えない。これまで書いてきたもののほとんどは、これらほど赤裸々な「意思の伝達」にはなっていない。これらのテクストは、言語道断の暴力やそれに付随する無思慮ないしは悪意に対する、また文学賞を受けた際の講演依頼への、そして敬愛する同僚作家との対話への誘いへの、私なりの応答として書かれたものだ。したがって、これらは必然的に、切迫した公の事態に対する私の取り組み方を映し出している。良心の表現である――

つまり、そこに現われている観点は、なによりも、道義的な範疇のものである。多くの作品を著した名の知れた作家には、この種の著述を依頼される（あるいは、されていると感じる）ことがしばしばある。作家がそれに応じることは、馴染みのある役割を、そしてたいていは（依頼者の期待を受け入れて）有益な役割を果たすことになる。そういう著述の価値も利点も私は認めるが、それでもなお、そうした役割にどこか居心地の悪さを感じている。これらの私自身が書いたものの言わんとするところに立脚しながらも、モラリストになることに内在する（作家にとっての）堕落の問題が気にかかる。

文学は倫理的な責務――言語への、真実への――をともなう道義的な仕事だ、と私は見ている。だが、道義にこだわりすぎないほうが、道義的な責務をよりよく果たせるのではないかと思う。ところが、この時代、作家たちは道義を説くことをあまりにも安易にとらえている。メディアの増殖によって、作家の発言が招じられる公の機会が、これまでにないほど多くなったことが原因かもしれない。書くことに加えて、発言する機会が。

私も、なにごとかを語る声を愛する者だが、なにごとかを書く声のほうが好きだ。語る声は、行動を訴えかける方向へと、引きずられがちだ。作家――もちろんこの言葉は、たんに本を出す人という意味ではなく、文学という事業に取り組んでいる人を指して使っている――は活動家ではない。活動家であってはならない。解決を追求すること、そのため必然的にものごとを単純化することは、活動家の仕事だ。つねに複合的で曖昧な現実をまっとうに扱うのが作家、それもすぐれた作家の仕事である。常套的な言辞や単純化と闘うのが作家の仕事だ。

本書に収録された著述は、私としては混交された声としか言いようのない声でつづられている――書く声と語る声の双方がそこにはある。この混声、あえて言えば、この混濁した声は、これらの著述を触発したさまざまな事態ゆえに、いやおうなく発されたものだ。これらの「混濁した」あるいは「時宜に応じた」著述が、それでも、二つの異なる命題を遵守するという、私の作家としての良心にかなうものとなっていることを願う。二つの命題とは、私たちに共通している社会的な生活と関心事の重大なテーマのいくつかに、真摯に、思慮深く、関与すること。そして、そのような関与への誘いに対する、適切な、それも作家としてのわだかまりを伝えることだ。その意味で、真実を語るという作家の第一の責務にもとらない自分であったことを念じている。だが、真実はつねに複雑であり、矛盾に満ちている。

パリにて、二〇〇二年一月

スーザン・ソンタグ

Part 1

After September 11

Two Days Later

2日後　於ベルリン

Berlin, September 13, 2001

先日の火曜日の途方もない現実体験と、さまざまな公人やTVのコメンテーターが振りまいている独善的な妄言、あからさまな欺瞞。その乖離は驚くべきもので、気が滅入ってくる。あの事態を受けて堰を切ったように表明されてきた発言の数々はこぞって、民衆を子供扱いしているとしか思えない。これは「文明」や「自由」や「人類」や「自由世界」に対する「臆病な」攻撃ではなく、世界の超大国を自称するアメリカがとってきた、もろもろの具体的な同盟関係や行動に起因する攻撃に他ならない。だがその認識はどこにいってしまったのか。いまだに続いているアメリカによるイラクへの爆撃を自覚しているアメリカ人は何人いるだろう。また、「臆病な」という言葉を使うなら、他者を殺すためにみずからすすんで死んでゆく者たちに対してではなく、報復の恐れのない距離、高度の上空から殺戮を行なう者たちに対して使うほうが適切ではないだろうか。勇気（これを、道義的に言って中立の価値としてみた場合）を云々するならば、火曜日の殺戮の実行者たちを何と呼ぼうとも、彼らは少なくとも臆病者ではなかった。

アメリカの指導者たちは、すべて大丈夫だと国民を説得すべく躍起になっている。あの日は汚辱の日として記憶され、いまやアメリカは戦争に突入したが、アメリカはおじけづいてはいない、われわれはくじけず意気軒昂だ、と。だが、すべてが大丈夫であるはずはない。そして、この事態は真珠湾とは違っていた。ロボット状態のアメリカの大統領は、アメリカは依然として背骨をまっすぐ、しっかり立っていると確約している。現政権の対外政策に強硬に反対していたはずの過去ないし現職のさまざまな公人たちは、まさに臆面もなく、団結してブッシュ大統領の背後に立つと言うだけで、あとは何も発言しない。だが、アメリカの情報活動や対情報活動の無能ぶりについて、今後のアメリカの外交政策の代替案、とくに対中東外交政策について、また賢明な軍事防衛計画の諸要素について、考慮すべきことは多々あり、ワシントンなどの地では実際その検討が進行しているのかもしれない。ところが民衆は、現実の重荷に大きな責任を負うことを要請されてはいない。ブッシュら公人たちの全員一致でご満悦、自画自賛とも言うべき、ソヴィエトの党大会まがいの楽天的な決まり文句を見聞きするにつけ、情けなくなる。アメリカの役人たちやメディア、コメンテーターたちがこの間まくし立ててきた、殊勝ぶった、そのじつ、現実を隠蔽するもの言いは、あえて言うなら、成熟した民主国家の名にもとる。

公職者たちがわれわれに知らしめたことは何か。彼らは、自分たちの責務は人心操作であると心得ているようだ。つまり自信の構築と悲嘆への対処。政治、民主体制の政治――それは、意見の不一致をも許容し、虚心坦懐な姿勢をはぐくむもののはずだ――に代わって、心理療法の登場である。何をおいても、ともに悲しむ、それは私もやぶさかではない。だが、手に手をとって、全員一緒に愚者になることはない。若干の歴史的自覚を動員すれば、つい先日起こったこと、そして今後も起こり続けるかもしれない事態への理解が進むかもしれない。「われわれの国は強い」と何度も何度も聞かされても、これですべて安泰と慰めを得ることはできない。それは私だけではないだろう。アメリカは強い、誰もそれを疑ってはいない。だが、アメリカのあるべき姿は、それがすべてではない。

■本稿は『The New Yorker』二〇〇一年九月二十四日号（九月十七日発売）に掲載された。

A Week Later

1週間後　於パリ

Paris, September 20, 2001

九月十一日の恐ろしい殺戮に対するアメリカや外国での反応を見ると、「アメリカ例外論」という教条が重要な役割をおびていることがわかる。ここではそれを教条と呼んだが、それはまた、アメリカ合衆国に住む、あるいはアメリカに移住しようと望む、ほぼあらゆる人が抱く特有の信念の一つである。よその地なら普通に、また共通して起こることでも、アメリカで起こったなら、これまでもこれからも、それは例外的な事態である、という頑強な信念がある。アメリカ人が信じているのは、たんにアメリカはもっとも優れた、自由な、豊かな、強力な国だというにとどまらない。アメリカはよそとは違う、アメリカは幸運に恵まれている、と信じているのだ。他の諸国なら抗しえない一連の試練や災忌からも、アメリカは守られている、と。

ほぼ二世紀間にもわたって、アメリカが移民たちの最大の目的地となってきたのはなぜだろう。アメリカでは、昔の歴史が繰り返されることはない、と信じられているからだ。アメリカは、歴史や政治の通常のあらゆる規則から例外となっている、というのが基本的な観念としてあり、それは啓蒙主義のイデオロギーに由来する。アメリカは現に新世界なのだ、との。

まず、他国から来る人たちを受け入れるという、ヨーロッパのあらゆる国とは異なる企図を基盤として、移民によって作られた国のうち、最初の国がアメリカである。この点は何度でも繰り返し語るべきことだ。しかしながら、カナダやオーストラリアなど、他の移民の国とアメリカは、他にも違いがある。カナダやオーストラリアは人口もずっと少なく、この二世紀間の歴史で果たした役割はアメリカより周縁的であり、これらの国を例外的存在とみなすわけにはいかない。

ここでは、そんなことは起こりえない、とアメリカの信条が頭をもたげてくる。だが、いまやそんなことが「ここで」起こってしまった。となると、アメリカが依然として例外であるとすれば、どのような意味合いでだろうか。「アメリカは二度と元には戻らない」という決まり文句——それはあっという間に「世界は二度と元には戻らない」へと変わる——には、免疫が破壊されたという気持ちが反映されている。アメリカ例外論の教条と、アメリカが力をもつ必然と正しさへの信念とが、一対の観念をなしている。アメリカでテロ攻撃があったとなれば、アメリカ人はいやおうなく国の弱さを感じとる。だが、現実のアメリカの力は他のどんな国よりも大きく、このような心情は、ドイツ人やその他のヨーロッパ人には理解しがたいのではないか。

アメリカ人は「無邪気さ」を喪失したというのも、この間よく伝えられる決まり文句である。だが、この無邪気さの中身は何だろう。ジョン・F・ケネディー暗殺の際にも、同じ心情が浮上したのを記憶している。アメリカはつねに無邪気さを喪失し続けている。そしてまた、次の災忌に見舞われるまでのあいだに、それを取り戻す。

九月十一日の事態への反応や、テロリズムにうち勝つためいかなる行動をとろうとも、それへの外国の支持を動員すべく弄されている冷戦時代の言辞の再浮上を、私は嘆かわしく思っている。現状の世界は二極世界ではなく、「敵」を国民国家の単位で見極めることはできない。経済、大衆文化、氾流行性の疾病（エイズが念頭にある）と同様に、いまのテロリズムのもっとも重要な点は、国家を超越していることだ。また、言うまでもなく、あの大災忌を受けて吐き出されたアメリカにおけるレトリックのキッチュ［俗っぽい］で狂信的な思い込みと文化的な浅薄さにも、辟易とさせられる。

そのうえであえて言う。このレトリックを俎上にのせて、たんなる反動としてそれに対抗することは、自戒しなければならない。ある種の戦争が起こっており、テロリズムが現実としてある——一八世紀、一九世紀ならば海賊の横行が現実だった——わけだから、それへの戦いは必要である。私ほどアメリカの現政権を嫌悪している人間はいないだろうが、自分がブッシュを侮蔑しているからといって、ニューヨークとワシントンＤＣ郊外で起こった殺害に対し、その自分の気持ちに左右された反応をしてはならない、と自分を戒めている。

さらに、イスラム世界で自分たちがそれほど憎まれているのはなぜか、それを理解することがアメリカ人の主要な義務だとも思わない。もちろん、私には何らかの考えがあるが。よくある考えは、アメリカはイスラエルを支持しているから憎まれるのだ、というものだ。だが、実際はもっと複雑な理由がある。そもそもイスラエルが憎まれているのはなぜか、その理由の大半は、イスラエルがアメリカの代理人だと目されていることに起因している、というのが、デイヴィッド・リーフ［アメリカの政治アナリスト、文化批評家。『戦争の犯罪』（一九九九年）、『一夜のしとね——ジェノサイドの時代における人道的支援』（二〇〇二年刊行予定）など編著書多数］の主張だ。彼の見解としては、明日、中東に平和とパレスチナ国家が実現したとしてもテロリズムは続くと言い、私もそう思う。

現在九月二十日。私はこれをパリで書いている。ここにデイヴィッド・リーフから送られてきた手紙を引用して、この稿を終える。

このテロには特定の大義はない。新しい経済、新しい非宗教的社会、新しい近代、そこにおいて真の敗者となった世界の一部が、新しい世界を作り、恩恵を享受している者たちに対して仕掛けた反乱だ。遺憾ながら、改革を経ず、実際、倫理的に言って逆行しているイスラム（女性の抑圧がますます強くなっていることを想起してほしい）はいま、新しい変化に脅威を感じている数種の信仰体系に支配されている。グローバリゼーションの敗者、まさしくその犠牲者だとみずからをみなしている人々は、グローバリゼーションの勝者の敗北を喝采する。それ以外、彼らにどんな行動を期待できようか。何を言おうとなそうと、いま起きている事態は戦争だ、と再確認する以外ない。

アメリカ合衆国は過ちをおかしてきたのか。もちろん。アメリカ合衆国は罪をおかしてきたのか。もちろん。だがこれらの事実ゆえに、アメリカにはテロの停止を試みる権利はない、とは言えない。では、集中爆撃を認めるのか。明らかにノーだ。では、アメリカ合衆国に戦争犯罪をおかす許諾を与えるのか。もちろんノーだ。しかしながら、テロリストの脅威は現実的で、終わることはない。多くのまともなアメリカ人たちが信じたいと願っているのとは違って、この脅威は、たんにアメリカの悪しき諸政策から派生したわけではない。たしかに、政策のなかにはひどいものもあったが。サルマン・ラシュディに死を宣告しながら、いまだ彼の殺害を果たしていない、その同じ精神構造が、アメリカにおいて最近、まんまと、相当数の外国人を含む六千の人々を死刑に処したのだ。この暴力を停止させるには、暴力が必要だろう。戦争の諸ルールの範囲内で、われわれは行動しなければならない。たんに自分たちの側の責めをあげつらうだけではなく、これ以上の虐殺をくい止める何らかの可能性を求めつつ。

■本稿はドイツの『Lettre International』二〇〇一年第五十四号（十月四日発売）に掲載された。なお、世界貿易センタービル崩壊による死者・行方不明者は当初、約六千人と推定されたが、ニューヨーク市当局は十二月十九日の発表で、あわせて二千九百九十二人と訂正した。

A Few Weeks Later

数週間後　於ニューヨーク

New York, October, 2001

Q――ニューヨークへ戻った衝撃はいかがですか。その後の様子を見て、どう感じましたか。

もちろん、九月十一日はニューヨークにいたかった。ベルリンに十日間の予定で滞在していたのですが、アメリカで起こった事態への私の最初の反応は、文字どおり、メディアの媒介抜きには語れません。ベルリン郊外の閑静な一室で、その日、火曜日は午後いっぱい執筆に専念するつもりだったのが、ニューヨークから一人、［イタリアの］バリから一人、友人の電話が入り、唐突に、ニューヨークとワシントンの火曜日の朝の事態に直面しました。急いでテレビをつけ、それからほぼ四十八時間、おもにＣＮＮでしたが画面の前に釘づけになりました。それからラップトップに向かい、アメリカの政府筋やメディアに登場する面々が振りまく空疎で間違いだらけの扇動的言辞への辛辣な批判を急いで送りました（その短文はまず『ニューヨーカー』誌に掲載され、ここアメリカでは激しい批判をこうむりましたが、それは第一印象を述べたものにすぎない。ところが、残念なことに、そのときの印象はその後も一貫して変わらず、正確なものだった）。しかし私の衷心からの悲嘆は、何段階かの揺れを見せました。喪失という現実から遠ざかっていて、そのため全面的に接触がとれない場合、つねにそうなります。翌週、夜遅くにニューヨークに立ち戻り、ケネディー空港からマンハッタン南部の攻撃現場へ向かい、車両で行けるもっとも近くまで行き、あとは足で、蒸気の立ちのぼる小山のような、悪臭の充満する、巨大な墓地――約六ヘクタールの広さ――の近辺を一時間ほど歩き回りました。

ニューヨークに帰って直後の何日間かは、荒廃した現実と膨大な生命の喪失を目の当たりにして、事態を取り巻くさまざまなレトリックに対して最初に私が抱いた関心も、たいして意味をもちませんでした。テレビを介して現実を消費するというベルリンでのやり方も後退し、日常の私のやり方、つまりテレビをまったく見なくなりました。もちろん海外ではテレビを見るのですが、アメリカではテレビを所有することをかたくなに拒んできました。家での日々のニュースのおもな情報源は『ニューヨーク・タイムズ』紙で、他にもオンラインでかなりの数のヨーロッパの新聞を読みます。その『ニューヨーク・タイムズ』が連日、乗っ取られた航空機と世界貿易センターで亡くなった何千という人々の胸がひき裂かれるような短い経歴を、写真入りで、何頁も掲載していました。そのなかには、オフィスで働いていた人々が下りてくるところを、われ先にと階段を駆け上がっていった三百名以上の消防士たちもいました。死者のなかには、ビル内にあった金融会社で働く、やる気満々の高給取りばかりではなく、やはり同じビルで清掃、事務の手伝い、調理などの仕事に従事する労働者も多数含まれていました。そのうち七十人以上は、ほとんどが黒人かヒスパニック系でしたが、片方のタワーの最上階にあった「Windows of the World（世界の窓）」というレストランの従業員でした。あまりにも多くの物語、あまりにも大量の涙。悼む心を忘れることは野蛮なことです。他の残酷な死、［ボスニアの］スレブレニツァからルワンダにいたる地域で失われた生命と、これらの死とは、どこか違うという考え方もまた野蛮です。

しかし、なすべきことは哀悼に限りません。そこで、この事態を取り巻く言説、そして九月十一日以来アメリカにおいて何が変化したのか、その現実に立ち戻ることになったのです。

Q――ブッシュ大統領のレトリックに対するあなたの反応は?

九月十一日直後の何日間か、愚鈍と悪意のあいだを右往左往したブッシュの単純なカウボーイ・レトリックを重要視するなど、理不尽なことです。その後は、スピーチ・ライターやアドバイザーたちが、彼をうまく御すようになったようですが。彼の物腰といい、言語といい、反発をおぼえることは確かですが、ブッシュだけに目を奪われてはなりません。私から見れば、アメリカ政府の主要人物のすべてが、言語的に混迷している。アメリカの力と能力へのこの未曾有の非難行動について、その全貌を示すイメージを彼らが手探りで求めているさまを見れば、明らかです。

九月十一日の惨劇を理解するためとして二つのモデルが出されています。第一は、これは「奇襲」によって始められた戦争だ、アメリカが第二次世界大戦に急突入する契機となった、一九四一年十二月七日の、ハワイの真珠湾にある米海軍基地への日本による爆撃に匹敵する戦争だ、というもの。二つ目は、アメリカでも西欧でもますます広がりを見せている考え方ですが、かたや生産的、自由、寛容、非宗教的（あるいはキリスト教的）で、かたや逆行的、頑迷、復讐的な、競合する二つの文明の抗争だ、というもの。

明らかに、私はこれらの安っぽい危険なモデル、その両方に反対です。これらは九月十一日の出来事の認識モデルにはなりません。「われわれはいまや臨戦状態だ」というもの、また「彼らの文明よりわれわれの文明のほうが優れている」というもの、その両方を拒絶する私なりの理由を言えば、とりわけ、こうしたものの見方こそ、この犯罪行為の実行者たちやイスラムのワッハーブ派の原理主義運動の見解とそっくり同じだということです。アメリカ政府が戦争という表現を使い続け、ブッシュの（少なくとも初期段階での）言葉が約束しているかに見える大規模な爆撃作戦を切望する国民を満足させようとするなら、危険が増大することは避けられない。アメリカや同盟諸国の全面「戦争」という対応で苦しむのは、あのテロリストたちではなく、より無辜《むこ》の存在、今回の場合で言えば、アフガニスタン、イラク、その他の地の民間人です。彼らの死は、過激なイスラム原理主義によって広められているアメリカ（ならびに、もっと広く、西欧の非宗教主義）への憎しみを増大させるだけです。

多数の指導者の一人にオサマ・ビン・ラディンがいるにすぎない、そういう運動の脅威を軽減する可能性があるのは、きわめて狭く焦点を絞った暴力だけです。状況はとても複雑に思えます。九月十一日にあれほどの成功を見た活動家によるテロリズムが、一国にとどまる運動体によるものでないことは明らかです。真珠湾［攻撃］を日本によるものとするのとは違い、困窮するアフガニスタン一国はおろか、あの運動体を単一の国家に帰するべきではない。今日の経済しかり、大衆文化しかり、汎流行性の疾病（エイズを想起していただきたい）しかり、テロリズムも国境をやすやすと越えています。他方、この筋書きの中心には諸国家が姿を現わしてもいます。サウジアラビアは世界中でワッハーブの運動に大きな支援をしてきたし（ある意味では、ビン・ラディンはサウジのプリンスであり、符合する点がある）、また、それと同じ期間、サウジの王族体制はアラブ世界におけるアメリカのもっとも重要な同盟相手でした。サウジの王族がアメリカと協力することを、自分たちの「文明にとって」重大な裏切りだとみなす若手は、ビン・ラディン以外にもサウジアラビアのエリート層に大勢います。ビン・ラディンを元凶とみなしたうえで、テロリスト運動に対し、アメリカ主導の全面規模の「戦争」をすれば、かたやサウジアラビアでは、「反動」王国を転覆させ、「過激派」が権力を握るような事態をもたらす危険性があります。

アメリカの政策策定者たちは多くのジレンマに直面しており、これはその一つにすぎません。

Q――真珠湾との同一視は何であれ不適切だ、とあなたは発言しています。ご存じのとおり、ゴア・ヴィダルは最新の著書『The Golden Age（黄金時代）』で、英仏と並びアメリカの参戦を実現しようとルーズヴェルトが挑発した結果、日本の真珠湾攻撃が起こった、という説を支持しています。アメリカの世論と議会が参戦に反対だったため、先制攻撃されなければ、アメリカの宣戦布告はありえなかった、と。同様に、何年にもわたりアメリカがイスラム世界を挑発してきたのだから、こうしたアメリカの政策を問い直すべきなのだと主張するアメリカの知識人が、ヴィダル以外にも何人かいます。あなたの見解は?

すでに示唆したように、九月十一日を真珠湾になぞらえることは、適切でないばかりか、誤りです。戦う相手としての国が存在するかのような誤解を生みやすい。現実には、アメリカを弱体化させようとしている勢力は、むしろ、国以下の単位としてあり、国を超越しています。ビン・ラディンにしても、せいぜいテロ・グループという巨大なコングロマリットのＣＥＯ〔最高執行役員〕にすぎず、作戦の才覚というよりは、彼の資金とカリスマ性が買われているだけです。その点では、今後さらに拡大されて多くの国で起こるかもしれない軍事行動の実際の頭脳は、中核を担っているエジプト出身の戦闘的分子たちです。

私もゴア・ヴィダルに負けないくらい長いあいだ、祖国を痛烈に批判してきた一人ですが、彼よりはもっと正鵠を得た批判をしてきたと思いたいし、また、アメリカの外交政策に疑問を抱くことは、いつだって望ましい、避けがたいこと、当然のことだと思っています。そのうえで言えば、ルーズヴェルトの挑発で日本の真珠湾攻撃が起こった、という説を私は信じません。日本政府は、対米開戦という愚挙にでようと心底躍起になっていました。また、アメリカがイスラム世界を長年にわたり挑発してきた、という考え方も私はとっていません。たしかに、多くの国でとってきたアメリカの行動は粗暴で傲慢でしたが、「イスラム世界」と呼びうるような相手に対して、アメリカはいかなる総力作戦行動もとっていません。私はアメリカの外交政策、帝国主義的な図々しさ、また傲慢さをめぐって、暗澹たるものを感じています。しかし何よりも念頭に置くべきは、九月十一日の出来事はおぞましい犯罪だった、ということです。

アメリカの誤った行為を、何十年にもわたり先頭に立って非難してきた者の一人として、一例をあげれば、私は、困窮し抑圧されたイラクの人々に大きな苦悩をもたらすような禁輸措置に甚大な怒りをおぼえました。しかし、ヴィダル以外にも何人かのアメリカの知識人たち、またヨーロッパの多くの良識的な知識人たちは、次のような見方をしているようです。つまり、この恐怖の事態をもたらしたのはアメリカ自身だ、アメリカの領土内で起こった何千人の死の責任は一部アメリカにある、という見方です。しかし、私はこのような見方にけっして与してはいません。

たしかに、外国でのアメリカの行動には責められるべきものが多々ありましたが、それでも、アメリカこそ元凶であるとの主張のもとに、いかなるかたちであれ、この惨事を切り抜ける、あるいは看過することは、道義的に言って卑劣です。テロリズムは無実の人々に対する殺害です。しかも今回のケースは、大量殺人だったのです。

さらに、テロリズム――今回のテロ行為――を、不正な手段により正当な要求を突きつけるものだと考えるのは、間違いです。ごく具体的に言いましょう。たとえ明日、ヨルダン川西岸地域とガザ地域からイスラエルの片務的撤退が実現し、さらに明後日に、イスラエルからの援助と協力が全面的に保証されたうえで、パレスチナ国家の宣言がなされたとしましょう。この全体として望ましい事態のもとですら、現在進行しているテロリストの企図が後退することはいっさいないだろうと私はふんでいます。サルマン・ラシュディが指摘しているとおり、テロリストたちは、まっとうな訴えという隠れ蓑をまとっているのです。パレスチナをめぐる不正を糺すことが彼らの目的ではなく、それは卑怯な口実にすぎないのです。

九月十一日の殺戮の実行者の目的は、パレスチナ人民への不当な扱いを糺すことでもなければ、おおかたのイスラム世界の人々の苦しみを解消することでもありません。攻撃は現実のことだった。近代《モダーニティ》（女性の解放を実現しうる唯一の文化）への攻撃であり、また、たしかに資本主義への攻撃でもあった。われわれの近代世界はきわめて脆いものだということが明らかにされました。武器による対応――複合的かつ周到に的を絞った一連の反テロ作戦のことを言っているのであり、戦争のことではない――は必要です。またそれは正当化しうるものです。

Q――過半数の人が投票すらしないアメリカの世論が、攻撃への対処をめぐり、現在政府が行なっているさまざまな決定を左右できると思いますか。攻撃のあと、もし何らかの変化があったとして、アメリカの知的思潮にどんな変化が見られましたか。

アメリカは奇妙な国です。市民は無政府主義的な傾向を強くもっており、それでいながら迷信的と言えるほどに法の遵守を尊重している。常軌を逸した成功に憧れ、それでいながら勧善懲悪が大好き。政府にも税制にも大きな不信を抱き、ほぼ不当な活動の温床だとみなしながら、いざ危機到来となると、もっとも実感のある反応は国旗を振って無条件の愛国心を確認し、指導者に承認を与えることだ、となる。人類史上、アメリカは例外的な存在だと信じ、他の国なら当然だとしても、国の命運を左右するような限界や災難はアメリカにはありえない、アメリカだけは免除されると信じています。

いま現在、アメリカには強烈な順応主義がはびこっています。九月十一日の攻撃の成功に、人々は驚愕し、衝撃を受け、怯えています。最初の反応は結束すること（列を引き締める［close ranks］という軍隊用語を想起させる）、そして愛国心の再認。あたかも、あの攻撃により、愛国心に自信がもてなくなったかのように。国じゅうが国旗に覆われています。アパートや家の窓から国旗が垂れ、店やレストランの表に国旗が掲げられ、クレーンやトラックにも、カーラジオのアンテナにも国旗がたなびいています。アメリカの伝統的な暇つぶしだった大統領（それが誰であれ）の揶揄も、愛国心にもとると決めつけられるようになりました。何人かのジャーナリストが新聞や雑誌から解雇され、ごく穏やかな批判的見解（攻撃当日のブッシュの謎の失踪に疑問を投げかける、など）を授業で述べただけで、公に譴責《けんせき》を受けた大学教師もいました。検閲のなかでももっとも重大にして効果のある自己検閲がそこここで行なわれています。討論を展開すれば意見の相違と同一視され、さらに意見の相違は忠誠心がないものと決めつけられます。この新たな、先の見えない緊急事態では、従来のさまざまな自由の保障は「贅沢」かもしれない、という思いが広がっています。世論調査によると、ブッシュの「人気度」は九十パーセントを超えそうですが、旧ソ連型の独裁体制の指導者たちの支持率にほぼ近い数字です。

一般公衆の意見が、現在のアメリカ政府の決定にどんな「影響」を及ぼすのか。注目すべきは、外交政策にまつわるほぼあらゆる問題に関して、人々がきわめて従順なことです。この受け身の姿勢は、リベラルな資本主義と消費社会の勝利の当然の結果かもしれません。ここしばらくのあいだ、民主党と共和党に意味のある差異がまったくない時期が続いてきました。この二大政党は、じつは同一の党の二派だと考えるほうが当たっているのかもしれません（同じような進展は英国でも見られ、労働党と保守党にほとんど違いがない）。アメリカのインテリゲンチアのほとんどが非政治化されたことは、順応主義を、また政治生活一般の一元化――「いわゆるme-tooism［みんなで渡れば怖くないといった傾向］」をまさに反映しているのです。

アメリカはかなり寛容で順応主義的な社会であり、まさにそれが、この地に構築された政治風土のパラドクスです。しかし、近い将来にアメリカの国境内でもう一度、たとえ今回と比較して人命損失が小さかったとしても、何らかのテロ攻撃が起こったとしたら、非正統的なものや多様性を尊重する広範な支援の声は、永久に壊滅的な状態に置かれます。戒厳令に相当する措置がとられ、それは憲法で保障される個人の諸権利、とくに言論の自由の権利の崩壊につながっていくでしょう。でもいまのところは私もまだ、慎重ながらも楽観していきます。私のような異なる意見を述べる知識人――残念ながら少数にすぎない――

に対する懲罰の熱狂的な波がいくつか起こっていますが、経済の悪化などの現実問題が逼迫してくれれば、それも早晩、雲散霧消していくかもしれません。

九月十一日以降、政府と軍事筋の最高レヴェルではきわめて精力的に議論が行なわれたはずで、その結果でしょうか、いまはブッシュ政権からもカウボーイまがいの話はほとんど聞こえてきません。明らかに、アメリカの戦争の先頭に立つ者たちも、直面する「敵」がきわめて複雑怪奇であり、古い手段でうち負かせる相手ではないことを認識したわけです。どんな行動をとるべきかをめぐり躊躇があったことは、アメリカの世論とは無関係です。世論はすぐさま懲罰を、という性急なものでした。

近代に対するジハード〔聖戦〕から人々の安全を守る、何らかの賢い計画が作られつつあることを望むばかりです。アフガニスタン、イラク、その他の地の抑圧された人々を、彼らの圧制者たちや彼らの頭上に君臨する宗教的な狂人たちの誤った行動への報復として、爆撃しても無意味だ、いや、好んで使われる言い回しをすれば、そんなことは反生産的であり不当だということを、ブッシユ政権、トニー・ブレア、その他の面々が真に理解したことを願うばかりです。

そう、願うしかない……。

■このインタヴューは、イタリアの新聞『Il Manifesto』紙のフランチェスカ・ボレッリが、ローマからニューヨークのスーザン・ソンタグに送った質問状への回答である。同紙の十月六日号に掲載された。

Part 2

Before September 11

サラエヴォでゴドーを待ちながら

Waiting for Godot in Sarajevo

「どうにもならん（Ništa ne može da se uradi）」
——『ゴドーを待ちながら』の冒頭の台詞

1

（一九九三年の）七月半ば、『ゴドーを待ちながら』を上演するため、サラエヴォに行った。たしかに、つねづねベケットの芝居を上演したいと思ってはいたが、それ以上に、再びサラエヴォを訪れ、一カ月以上滞在するという実際的な目的が得られることのほうが大きかった。すでに四月に二週間滞在し、破壊された町とその意味するところについて私の懸念はつのっていた。何人かの市民とも友だちになっていた。だが、またしても目撃者というだけの立場で行きたくはなかった──人と会い、人を訪ね、恐怖に震え、勇気を発揮し、落ち込み、心痛に打ちひしがれるような会話をし、ますます憤慨し、痩せてゆく、それだけのために行くことはできなかった。戻るなら、照準を定め、何かをしなければならなかった。

外の世界にニュースをもって帰る、それが作家の逃れられない使命だ、とはもはや考えられない。ニュースは伝わってきている。外国から来た大勢の有能なジャーナリストたち（その多くは私と同じで、国連の介入を支持している）が、サラエヴォが封鎖されて以来、さまざまな嘘や殺戮について報道してきた。その間、介入はしないという西欧諸国とアメリカの決定は揺るがず、セルビアのファシスト勢力に勝利を許してきた。サラエヴォに行って芝居の演出をすることで、自分も医師や給水設備の技術者に劣らず役に立てる、といった幻想は抱いていなかった。わずかな貢献しかできないことはわかっていた。だが、私がやっている三つのこと――著述、映画制作、芝居の演出――のなかでも、サラエヴォでしか起こりえないことを起こし、そこで作られ、消費されるものにつながるのは、芝居を演出することだけだった。

四月に行ったときに会った人々のなかにハリス・パソヴィッチというサラエヴォ生まれの若い演出家がいた。学校を出てからサラエヴォを離れ、おもにセルビアで演劇の仕事をし相当の名声を得た人物だ。一九九二年四月にセルビア人が戦争を開始したときパソヴィッチは外国に出たが、秋になり、アントワープで『サラエヴォ』というタイトルの芝居を手がけていたとき、もう安全な逃避行はやめようと決意した。九二年末に国連の警備をくぐり抜け、セルビア人の射撃にさらされながらも、凍りつき、封鎖状態にあったサラエヴォに戻ってくることができた。彼が八日間でまとめた『グラード(都市)』という作品——コンスタンティン・カヴァフィ、ズビグニェフ・ヘルベルト、シルヴィア・プラスのテクストを一部使い、音楽も入っている、コラージュ形式の朗読劇——の公演に私は招かれた。次には、もっとずっと野心的な公演——エウリピデスの『アルケスティス』——をやるための準備をしていて、その次には彼の学生の一人(彼は、まだ機能している演劇学校で教えている)がソフォクレスの『アイアス』を演出することになっているという。彼が芝居のプロデューサーでもあり演出家でもあることに突然気づいた私は、きいてみた――数カ月したらまた来て、芝居の演出をしてみたいが、どう思うかと。

「ぜひとも」との答え。

「じゃあ、何をしたいか、しばらく考えさせて」と私が続けるいとまも与えず、彼のほうから「どの芝居をやりたい?」ときた。そして、演出をするなどととっさに思いつくまま提案をした勢いで、私はもう一つ、向こう見ずなことをしてしまった。もう少し考え込んでいたら、浮かんではこなかったかもしれないひらめきがあった。演出するならこれだ、という作品が鮮明に頭に浮かんだ。四十年以上前に書かれたベケットの芝居。それはあたかもサラエヴォのために、またサラエヴォについて書かれたもののように思われた。

★

サラエヴォから戻って以来、プロの俳優と仕事をしたのかときかれることがしばしばあり、それで気がついたわけだが、多くの人は、まさか封鎖された都市で演劇活動が一部でもいまだ続いているとは、考えなかったようだ。実際は、戦争の前はサラエヴォに五つあった劇場のうち、時折ではあるが、二つがいまでも活動している。私が四月に行ったとき、まったく魅力に欠ける『ヘアー』と、パソヴィッチの『グラード』の公演を見た室内劇場五五（カルメニ・テアーテル・ペットデセット・ペット）、それに青年劇場（ポゾリシテ・ムラディフ）だ。『ゴドー』は青年劇場でやることにした。どちらも小さな劇場だ。大きな劇場としては、オペラ座とサラエヴォ・バレエ劇場、それに演劇を上演する国民劇場があるが、これは戦争開始以来、閉鎖されている。国民劇場の美しい黄土色をした建物（砲撃による破壊はわずかだ）の前には、結局は日の目を見ないままに終わったが、九二年四月初めに上演の予定で新たに制作された『リゴレット』のポスターが貼ってある。セルビア勢の攻撃が開始されてまもなく、ほとんどの歌手、演奏家、バレエ・ダンサーは仕事の見つけやすい外国に出てサラエヴォを離れたが、もっとも優れた俳優たちの多くがそのまま留まり、ひたすら仕事ができる日が来るのを待っていることも事実だ。

もう一つ、よくきかれる質問がある——『ゴドーを待ちながら』の公演を、いったい誰が見に来るのか。たしかに、封鎖の有無にかかわらず『ゴドーを待ちながら』を見に来る人々はいるが、それ以外の人々のいったい誰が……。現在の破壊された町の光景からは想像しにくいが、かつてサラエヴォは非常に活気のある魅力的な地方首都で、ヨーロッパの他の地域にある中規模の古い都市に匹敵する文化的な生活が息づいていた。演劇の観客ももちろんいた。中央ヨーロッパならどこでもそうだが、サラエヴォの演劇はほとんどがレパートリー・システムをとっていた——古典の傑作と、二〇世紀の代表的な作品を上演していたのだ。サラエヴォには依然として優れた俳優たちがいるが、同様に、文化的な素養のある観客層も残っている。よその都市と違うのは、俳優も観客も劇場への往復の途上でいつスナイパーの銃弾や機銃掃射に見舞われ、殺されたり重傷を負わされたりするか、わからない点だ。しかし、サラエヴォに住んでいれば、自宅の居間でも、就寝中の寝室でも、台所に何かをとりにいった束の間にも、あるいは玄関を出た瞬間にも、それは誰の身にも起こりうることだ。

それにしても、この芝居は悲観的すぎやしませんか、と何度も質問された。真意は、サラエヴォの観客の気を滅入らせるだけではないか、という問いかけだ。つまり、あそこで『ゴドー』をやるなんて、虚飾ではないか、無神経ではないか、ということだ――現実に人々が絶望に瀕しているときに、これまた絶望の表現をするなど、やりすぎではないか、と。そのような状況では、たとえば『おかしな二人』［ニール・サイモンの戯曲。映画・TV化もされた］のようなものが好まれるのではないか、と。このおせっかいで訳知り顔の質問――いま、サラエヴォにいるとはどういうことか、それを質問者はまったく理解していない。本当のところ、文学や演劇がどうだろうと意に介さない人々で、正体がみえみえだ。サラエヴォの人々はみな現実逃避に役立つ娯楽を求めている、と言いたいのだろうが、当たっていない。他でもそうだがサラエヴォでも、現実に対して自分が抱いている感覚が芸術によって肯定され、変容されることで、勇気を得たり慰められたりする人は少なくない。単純な楽しみは求めていない、というわけではないが。『ゴドー』の稽古が始まって一週間後から見学に来るようになった、コロンビア大学に留学した経験のある国民劇場の脚本家には、今度来るときは『ヴォーグ』や『ヴァニティ・フェア』といった雑誌を何冊かもってきてくれと頼まれた。いまや手の届かないものになってしまったさまざまなものごとを、それらの雑誌を見ることで忘れないようにしたいからだという。『ゴドーを待ちながら』を見るよりは、ハリソン・フォードの映画やガンズ・アンド・ローゼズのコンサートに行くほうがいい、というサラエヴォ市民のほうが多いことは確かだ。それは戦争前もそうだった。だが、その傾向もわずかながら変わってきている。

封鎖前のサラエヴォではどんな芝居が上演されていたのかを見てみると――映画の場合は、上映作品のほとんどが大評判をとったハリウッド製だったというが（戦争の直前には、観客不足のためにいくつかの小さなシネマテークが閉鎖寸前に追い込まれていたらしい）、それとは反対に――サラエヴォの観客にとって『ゴドーを待ちながら』を見に行こうという選択はけっして風変わりなことでも、また暗澹たる心のなせるわざでもなかった。いまサラエヴォで稽古中、あるいは上演中の他の芝居は何かというと、『アルケスティス』（死の不可避性と犠牲の意味がテーマ）、『アイアス』（戦士の狂気と自殺がテーマ）、そしてクロアチア人のミロスラフ・クルレジャが初めて書いた戯曲『苦悩のなかで』といったところだ。クルレジャは、ボスニア人のイヴォ・アンドリッチと並んで、かつてのユーゴスラヴィアを代表する作家として二〇世紀前半に国際的に知られるようになった一人だ（テーマは題名を見れば自明だろう）。これらに比べれば、『ゴドーを待ちながら』はなかでも「一番軽い」娯楽だったかもしれない。

★

十七カ月も封鎖が続いているのに、いまだにサラエヴォに文化的な活動が残っているのはなぜか、その理由を問うても意味はない。むしろ、なぜもっと文化が存在しないのか、そのことこそ問うべきなのだ。室内劇場の隣にある、板切れを打ちつけて閉鎖した映画館の外には、色あせた『羊たちの沈黙』のポスターが残っている。そして、目立つように斜めの帯で「ダナス（本日）」と大きく書いてある。本日とは、映画館通いが終わりを告げた一九九二年四月六日のことだ。戦争開始以来、サラエヴォのすべての映画館は閉ざされている。全館が砲撃でひどい破壊にあったというわけではないのだが、必ず人が集まるとわかっている建物はセルビア人勢力の格好の標的となるからだ。そうでなくとも、映写機を動かす電気がない。コンサートも開かれない。一つだけ弦楽四重奏団が残っていて、毎朝リハーサルを欠かさず、美術のギャラリーを兼ねる四十人しか入らない小さな部屋でごくたまに演奏会が開かれる（この会場は、室内劇場が入っているのと同じ建物で、チトー元帥通りにある）。いまでも絵画と写真を展示している場所は一つしかない――オバラ・ギャラリーといい、ときには一日限り、長くとも一週間しか展示は行なわれない。

結局いまでも三十万から四十万人が生活している町にしては、文化的な活動が少なすぎると、私が話した限り誰もが感じていた。サラエヴォ大学で教えていた大半の人々を含め、知識人やアーティストのほとんどは、全面包囲になる前の戦争初期の時点で脱出してしまっており、もうこの町にはいない。加えて、サラエヴォの住民のほとんどは、水運びや国連の配給を受け取るためどうしても必要な場合以外、アパートから外へ出たがらない。誰も、どこにいても、安全の保障はないのだが、街路に出るとよけい恐怖がつのる。恐怖を超えると、憂鬱な気分になり――サラエヴォ住民のほとんどに憂鬱が蔓延している――無気力、疲弊、無関心に陥ってゆく。

さらに言えば、かつてのユーゴスラヴィアの文化の中心地はベオグラードで、私の印象では、サラエヴォでは視覚芸術もそんなに独創的なものはなく、バレエ、オペラ、音楽の活動も従来の域を出なかったようだ。わずかに映画と演劇だけが特色を発揮していたようで、封鎖後のいまでもこの二つの分野だけが動き続けていることもうなずける。映画制作会社の「サガ」はドキュメンタリーと劇映画の両方を作っており、劇場も二カ所開いている。

★

本当のところ、演劇の観客は『ゴドーを待ちながら』のような芝居を見たがっている。『ゴドー』の上演には、たしかに、アメリカ人のもの好きな作家兼パートタイム演出家が演劇の分野でヴォランティアを希望し、サラエヴォへの連帯を表明しようとした（現地のプレスやラジオは、これこそ外の世界が「心配してくれている」証拠だと誇大宣伝した――自分では、私は私でしかなく、他に誰の代弁もしていないと確信していたので、この扱いには怒りと恥ずかしさを禁じえなかったが）という側面もあるが、演劇の観客にとってはもっと別の意味があった。『ゴドー』がヨーロッパが生んだ偉大な演劇作品であること、そしてサラエヴォ市民自身がヨーロッパ文化の一翼を担っていること。たしかに、よその地域同様にアメリカのポピュラー・カルチャーも大人気だが、彼らの理想、ヨーロッパ人としてのアイデンティティを示すパスポートとしてあるのは、ヨーロッパのハイ・カルチャーである。四月に行ったときも再三聞かされた――自分たちはヨーロッパの一員だと。世俗主義（非宗教的態度）、宗教に対する寛容性、多民族原理といったヨーロッパの価値観によって立つ、かつてのユーゴスラヴィアの国民だと。他のヨーロッパ人たちは、そういう自分たちをこんな目にあわせてなぜ平気でいられるのか、とも。かつてもいまも変わらず、ヨーロッパは野蛮と文明の並存する場所だというのが私の答えだったが、彼らはそれを聞き入れようとしなかった。数カ月後のいま、その言葉に反論する人は誰もいない。

★

文化、どこ生まれであろうと真剣な文化は、人間の尊厳の一表現である——勇敢で、禁欲に耐えていると自負し、あるいは怒りにかられながらも、サラエヴォの人々はそれを喪失したことを痛感している。このままいつまでも弱いままではいられない、ということもわかっているからだろうか——救済されることなどないと知りながら、待ち、期待し、期待だけは待ったなしでつのらせている。失望と恐れにとらわれ、尊厳を奪われた日常生活は、彼らに屈辱感を植えつける——たとえば、便器の水洗が壊れないよう、トイレが汚物にまみれないよう、毎日かなりの時間をかけて対処しなければならない、という事態は屈辱的だ。人々がひしめく場所で列をなし、命懸けで手に入れた水のほとんどはこれでなくなってしまう。このような屈辱感は恐怖にまさるほど大きなものかもしれない。

サラエヴォの演劇関係者にとって、芝居を上演することはきわめて大きな意味をもっていた。正常な状態に戻れるからだ。つまり、水運びをしたり、「人道的援助」をありがたく受けるだけでなく、戦争前にやっていたことがやれるからだ。まさに、以前からの職業を続けられる人はサラエヴォでは幸運な人と言える。金銭の問題ではない。ドイツ・マルクしか通用しないヤミ経済しかないからだ。多くの人は、例外なくドイツ・マルクで蓄えてきた貯金で生活しているか、外国からの送金を頼りにしている（サラエヴォの経済を具体的に理解してもらうには、専門技術職――市の主要な病院の外科医とか、テレビ記者といったところ――で月あたり三ドイツ・マルクの収入、タバコ――マルボロのサラエヴォ版――が一パックで十ドイツ・マルクもすると言えば十分だろう）。もちろん俳優たちも私も無給だった。上演に無関係の演劇関係者も稽古を見学していたが、稽古の様子を見たいということもさることながら、また毎日劇場に通えるようになったことがうれしかったようだ。『ゴドー』であれ何であれ、芝居の上演は軽い気持ちでやれることではなかった――正常な状態を表明する真剣な行為だったのだ。「芝居をやるなんて、ローマが燃えているさなかにヴァイオリンを弾くようなものではないか」とある俳優にきいてきたジャーナリストがいた。俳優が気を悪くしないよう心配して私が文句を言うと、彼女は「ちょっと挑発してみようと思って」と言い訳した。だが、当の俳優本人は気を悪くなどしていなかった。ジャーナリストの質問の真意がわからなかったのだ。

2

到着した翌日に出演者のオーディションをしたが、一つの役だけは誰を使うか胸算用があった。四月に演劇関係者と会議をしたとき、何も語らずに部屋の隅で横柄にふんぞりかえっていた、つばの広い大ぶりの黒い帽子をかぶり、頑丈な体型をした年配の女性が記憶にあった。その数日後、パソヴィッチの『グラード』に出ていた彼女を見て、封鎖前のサラエヴォの演劇界でも重鎮の俳優だということを知った。『ゴドー』の演出を決めたとき、ポッツォは彼女にやってもらおうと即座に考えた。それを聞いたパソヴィッチは、私が出演者は女性だけでいこうと思っていると早合点した（彼の話では、数年前にベオグラードで女性だけの『ゴドー』が上演されたという）。しかし、意図は違った。登場人物がみな何らかの要素を表象し、寓意的とすら言える人物像になっているこの作品は、性別に関係なく役者を選んでもうまくゆく数少ない芝居の一つだった。その思いから、性別を気にせずキャスティングをしようとしていたのだ。エヴリマンという言葉が（「ＨＥ」という代名詞と同じように）性別と無関係に本当に誰にでもあてはまるとしたら――女性たちは、いつもそう言い聞かされている――何も男性がその役を演じなくともよいはずだった。私は、女は暴君にもなれるという表明をしたかったのではなく――パソヴィッチは、私がその役にくだんの女優イネス・ファンツォヴィッチをあてた意図はそこにある、と思ったようだが――むしろ、女でも暴君の役柄を演じることができることを見せたかった。対照的に、ラッキーの役をふったひょろ長くしなやかな体つきの三十代の男優アドミール（「アトコ」）・グラモチャック――『アルケスティス』では死の役を見事に演じていた――は、ポッツォの奴隷に関して従来から採用されてきた解釈にぴったりあてはまっていた。

あと三つの役が残されていた――二人組の失意の放浪者たち、ヴラジーミルとエストラゴン、それにゴドーの伝令の小柄な少年。困ったことに、出たいという優れた俳優が役の数よりも多かった。オーディションに来た俳優たちにとって出演できるかどうかがいかに大きな意味をもっていたか、痛いほどわかっていた。とくに有能な俳優が三人いた――やはり『アルケスティス』で死の役をやったヴェリボル・トピッチ、『アルケスティス』ではヘラクレスを演じたイズディン（「イゾー」）・バイロヴィッチ、そしてクルレジャの芝居に主演したナダ・ジュレフスカ。

そこで思いついたのが、ヴラジーミルとエストラゴンのコンビを三組選び、三組とも同時に舞台上に登場させては、という案だ。ヴェリボルとイゾーのコンビが一番強力でうまくこなす、と私は見た。中央に男二人という、ベケットが思い描いたとおりにはあえてしない、それでもよいではないか。舞台両端にも配置することにし、左に二人の女、そして右に男女二人を加え、この二人組の主題を三つのヴァリエーションで演じる。

子供の俳優はいなかったし、プロ以外の人を使うのはどうしてもいやだったので、伝令は大人でいくことにした――少年のような容姿のミルザ・ハリロヴィッチという優れた俳優で、ちなみに彼は出演者のなかでも一番流暢な英語を話した。ミルザは通訳としても大活躍し、私は間髪を入れず誰とでも意思疎通を図ることができた。

★

稽古二日目にはもう、パートごとに楽譜を書き分けるように、テクストを部分ごとに分け、三組のヴラジーミルとエストラゴンに割り振る作業を始めた。以前にもトリノのスタビーレ劇場でピランデッロの『御意にまかす』を演出したことがあるので、一度だけだが外国語の芝居を手がけた経験はあった。しかし、イタリア語は少し素養があったが、セルボ・クロアチア語(「セルボ・クロアチア」という単語はいまでは口にするのも辛いというわけで、サラエヴォではただ「母語」とのみ呼ばれている）となると、着いたばかりのときは「どうぞ」「こんにちは」「ありがとう」「あとで」程度しか言えなかった。英語とセルボ・クロアチア語の辞書に戯曲のペーパーバック版を何冊か、それに英語版の台本の拡大コピーをもっていったので、「ボスニア版」翻訳をもらうや否や、それを英文の拡大コピーに一行一行、鉛筆で書き込んでいった。ボスニア版の台本に英文のテクストを行ごとに書き写す作業もした。十日もすると、俳優たちがしゃべる言葉でベケットの芝居をそっくり暗記することができた。

★

出演者は多民族だったのか、とその後たくさんの人にたずねられた。もしそうなら、俳優のあいだで齟齬や対立はなかったか、またはニューヨークの誰かの質問だったが、「皆は仲良くやっていたか」と。

多民族というのは、もちろん避けられない事態だった——サラエヴォの人口は民族的にきわめて混交していて、民族間の結婚はとても多く、三種の「民族」グループがそろっていない集団など、どんな目的であれ集めるのは至難のわざだ――しかも、誰がどの民族かをまったく問わなくとも、結果的にまじることになる。配役を決めたあと、偶然にも、ヴェリボル・トピッチ（エストラゴンの1）は母親がムスリムで父親がクロアチア人だということがわかった。彼のファースト・ネームはセルビア名なのだが。そしてイネス・ファンツォヴィッチ（ポッツォ役）はイネスという名からして、クロアチア人のはずだった。スプリトという海辺の町で生まれ育ち、三十年前にサラエヴォに来た。ミリヤナ・ジロエヴィッチ（エストラゴンの2）は両親ともセルビア人で、イレーナ・ムラムイッチ（エストラゴンの3）の場合は少なくとも父親がムスリムのはずだった。出演者の民族的な背景はいまだに全貌がわからない。彼ら自身にはわかっていたし、それを当然のこととして受けとめていた。仲間――以前にも多くの芝居で共演している――であり、友人同士だからだ。

そう、したがって、仲良くやっていた。

★

このような質問をしてくる人自身が、侵略者のプロパガンダを受け入れてしまっていることは明らかだ。いわく、この戦争は長年の憎悪がもとにある。これは内戦ないしは分離をめぐる戦争で、ミロシェヴィッチは統一を実現しようとしている。ボスニア人（セルビア勢のプロパガンダではしばしばトルコ人と呼ばれている）と戦うことで、セルビア人はイスラム原理主義からヨーロッパを救おうとしている。サラエヴォにはヴェールをかぶったりチャドルをまとったりした女性がたくさんいたかという質問も、驚くに値しなかったのかもしれない。セルビア勢の対ボスニア攻撃に対する「西欧」からの反応が、喧伝されるムスリムのステロタイプに相当影響されていることは看過できない。

こうしたステロタイプについて考えると――これまたよくきかれる質問だが――なぜ他に外国の芸術家や作家がサラエヴォを訪れなかったのか、そのわけがわかる。危険だけが理由ではないはずだ。たしかにほとんどの人は、危険をおかして行くなどということは考えもつかない、と語ってはいるが。一九三七年のバルセロナに劣らず、一九九三年にサラエヴォに行くのもたしかに危険だ。また、往時から五、六十年を経たショッピング全盛時代の現在、羽振りのいい作家や芸術家や演劇人にサラエヴォに行こうという気を起こさせることじたい、難しいご時世になったのかもしれない（ジョージ・オーウェルやシモーヌ・ヴェイユはスペインに行ったが、豊かな生活を投げうってまで行ったわけではない）。だが最近でも、横行する不正、支援すべき闘争を重視した人々がニカラグアやグアテマラに足を運んだ例はある。サラエヴォに行こうという意志を抱く人が増えない究極的な理由は、問題の本質が明らかにされていないからではないか――「ムスリム」というキーワードが問題をねじ曲げている。封鎖以前のサラエヴォの中流階級の人々にとっては、市内のモスクに行くよりはウィーンへオペラ見物に行くほうが自然なことだった、と私が言うと、欧米の相当の情報通でも心底驚いたようだ。現代の非宗教的なヨーロッパ人の生活ぶりのほうが、テヘラン、バグダッド、ダマスカスの信心深い人々の生活ぶりよりも本質的に価値がある、と言いたくてこんなことを述べたわけではない。あらゆる人間生活には絶対的な価値がある。ただ、サラエヴォが破壊の標的となっているのは、まさにその都市が非宗教的で反部族社会的な理念を代表するものだからに他ならない。この点をもっと理解してほしいと願うからこそ、このようなことを言うわけだ。

事実、敬虔な宗教信者の割合は、サラエヴォだろうと、ロンドン生まれやパリ生まれ、ベルリン生まれやヴェニス生まれの人々だろうと、ほぼ同じだ。戦争前のサラエヴォでは、「ムスリム」がセルビア人やクロアチア人と結婚するのは、ニューヨークの人がマサチューセッツやカリフォルニアの人と結婚するのと同様、けっして異常なことではなかった。セルビア勢力の攻撃が始まる直前の一年間をとると、サラエヴォでの結婚件数の六十パーセントは、宗教の異なる者同士の結婚だった——非宗教的な態度をこれ以上確実に表わす指標はない。

ズドラヴフ・グレホ、ハリス・パソヴィッチ、ミルサッド・プリヴァトラ、アメラ・シミッチ、アデミール・ケノヴィッチ、ゼフラ・クレホ、フェリーダ・ドゥラコヴィッチなど、ムスリムの出自をもつかの地の私の友人たちがどの程度ムスリムらしいかと言えば、私がユダヤ人であるのと変わりない——つまり、そのこととはほとんど無縁に生きている。いや、私のユダヤ人的要素のほうが、彼らがムスリムであることよりも大きい、というほうが正しいだろう。私の家族は三世代にわたりユダヤ教とはまったく無縁できたが、それでも私の知る限り、少なくとも二千年間同じ宗教的規律のもとに生きてきた連綿と続く家系の末裔にあたる。肌の色や顔つきからも、私はヨーロッパ系のユダヤ人（もともとは北アフリカを経由してきたセファルディー系か）と判断されるだろう。一方、ムスリムの出自をもつサラエヴォの人は、家系的に言うとせいぜい五世紀のムスリム歴しかなく（ボスニアがオスマン帝国に併合されて以来のことだ）、南スラブ系の隣人、配偶者、同国人とも身体的に何ら変わりない。彼ら自身、南スラブ系のキリスト教徒の後裔にあたるからだ。

二〇世紀を通じてイスラム信仰が何らかのかたちで続いていたとしても、それはすでに薄められたもの、しかもトルコ人が導入した穏健なスンニ派の信仰で、いま、原理主義と呼ばれている要素はない。家族のなかで昔、あるいはいま、敬虔な信者は誰か、と友人たちにたずねたところ、祖父母だと口をそろえて言う。三十五歳以下の人にたずねると、たいていは曾祖父母だと答える。『ゴドー』の九人の俳優のうち宗教的な教育を受けたのはナダだけだが、彼女自身はインドのグルを師と仰いでいる。彼女が別れのプレゼントにくれたのは『シヴァの教え』の英文ペンギン版だった。

3

ポッツォ「とにかく日中は日中だ」（三人とも空を見上げる）
「よしと」（三人とも空を見上げるのをやめる）

障害があったのは言うまでもない。民族問題ではない。現実問題だ。
まず第一に、リハーサルは暗闇で行なわれた。むき出しのプロセニアム舞台には蠟燭の灯りがあったが、たいていは三、四本しかなく、私が持参した四本の懐中電灯も使った。あと四本蠟燭をと頼むと、一本も残っていないと言う。その後、蠟燭は公演のためにとってあるのだとも聞いた。じつを言うと、誰が蠟燭を供出しているのか最後までわからなかった。毎朝、路地裏や中庭を抜けて、それだけポツンと立っている近代建築の裏手にある唯一使える出入口、つまり楽屋口を通って劇場に着くと、もう床の所定の場所に蠟燭が置いてあった。劇場の外壁、ロビー、クローク・ルーム、バーは一年以上前に砲撃で破壊されており、残骸はまだ片づけられていなかった。

パソヴィッチが仲間ならではの不満をこめて説明してくれたところでは、サラエヴォの俳優たちは仕事は一日四時間しかしない気でいるという。「社会主義時代の昔からの悪しき慣習がいまでも残っている」と。だが、私はそんな目にはあわなかった。最初はもたついていたが――最初の一週間はみな他の公演や稽古、また家でやらなければならないことが気になっていた――それが過ぎると、俳優たちは期待以上に熱心でやる気にあふれていた。封鎖による灯りの問題を別とすれば、おもな問題は栄養不足の俳優たちの疲労だった。十時にリハーサルにやって来るまでに、多くの者は水汲みのため列に並び、重いプラスティック容器を八階や十階まで徒歩で運び上げるのにすでに数時間をついやしている。なかには二時間歩いて来る人もいた。そしてもちろん、帰りにも同じ危険な道を戻るのだった。

　普通程度のスタミナがある俳優は六十八歳で最年長のイネス・ファンツォヴィッチだけだった。いまでもがっしりした体つきの女性で、それでも封鎖開始以来六十ポンドは痩せたというが、それがかえってあの素晴らしいエネルギーを生んでいたのかもしれない。他の俳優たちは見るからに痩せすぎで、疲れやすかった。ラッキーは長い登場場面のほとんどを微動だにせず立ち続け、手にもっている重いカバンは一度も下に置かないことになっている。この役を演じるアトコ（体重は百ポンドをわっていた）が、稽古中ときどき空のスーツケースを床に置いてもいいだろうか、と言ってきた。通し稽古で動作や台詞まわしを変えるために数分間中断するたびに、イネス以外の俳優は全員、すぐに舞台の上で体を横たえた。

　疲労の症状がもう一つあった。私がいままでつきあったどの俳優よりも、台詞の覚えが遅かった。上演の十日前でもまだ台本を手放せず、舞台稽古の前日までは完全に台詞が頭に入っている状態ではなかった。台本を手にもっても暗くて読めないため、これが大問題となった。台詞を言いながら舞台を横切る途中で、忘れたとする。するとわざわざ一番近くの蠟燭の所まで行って、台本を目を凝らして見なければならない（サラエヴォでは表紙にするバインダーや束ねるためのクリップがほとんど手に入らないので、台本はページがバラバラだった。しかも、パソヴィッチの事務所の、封鎖以来取り替えていない使い古しのリボンしかない小さな手動タイプライターで、一回で重ね打ちしたものだ。私にオリジナルが、出演者にはカーボン紙を挟んで写した九枚のコピーが渡された。下のほうの五枚はどんなに明るくとも読みにくい代物だ）。

台本が読めないだけではなかった。顔を見合わせながら立たなければ、出演者同士ほとんど相手が見えなかった。昼間の自然光や電灯があるならともかく、この状態では正常な周辺視ができないため、何人かが同時に幅広いつばのある帽子をかぶったり脱いだりするといった簡単なことさえできなかった。また、私も大あわてしたが、長いあいだ出演者の姿がシルエット程度にしか見えなかった。一幕の最初のほうでヴラジーミルの「顔が急に最大限の微笑にくずれ、そのまましばらく続いて、やがて急に消える」――私の演出では三人のヴラジーミルがいた――という場面では、三メートルばかり離れたスツールに座り、懐中電灯は台本に向けていた私には、三人のうち誰のこわばった微笑も見えなかった。だが、目は暗闇にもだんだん慣れていった。

★

俳優たちは台詞や所作の覚えが遅く、しばしば注意力が散漫になり忘れっぽかったが、疲労のせいだけではない。砲弾の炸裂音がするたびに、被弾したのが劇場ではないとホッとしつつも、それではすまなかった。どこに落ちたのか、心配が襲ってくる。一人住まいしているのは出演者のなかでは一番若いヴェリボルと、一番年寄りのイネスだけだった。あとは妻や夫、両親や子供たちを家に残して毎日劇場に通っており、昨年セルビア勢力に制圧された市内の一部グルバヴィツァや、セルビア人が占領している空港に近いアリパシーノ・ポリェといった前線のごく近くに住んでいる者も数人いた。

七月三十日午後二時、リハーサルが始まって二週間はしばしば遅刻していたナダが、着いたとたんに言った。その朝十一時に、シェイクスピア物を得意とする有名な年配の俳優の自宅門口に砲弾が落ち、二人の隣人とともに殺されたと。俳優たちは舞台を降りて、無言で隣の部屋へ行った。私もあとを追ったが、最初に口を開いた人が言うには、それまで俳優はまだ誰も殺されていなかったので、この知らせに皆はとりわけとり乱しているとのことだった（それまでは、砲弾で片脚を失った二人の俳優のことしか耳に入っていなかった。昨年、腿の付け根から両脚を失ったネルミン・トゥリッチという俳優も知っていたが、彼は当時、青年劇場の管理責任者をしていた）。稽古を続ける気があるかとたずねると、イゾー一人を除いて俳優たちは続けたいと答えた。だが一時間もすると、何人かがもうやれないと言う。稽古を早じまいしたのはこの日だけだった。

★

私がデザインを準備してきた装置——ベケット自身、ミニマルなものを望んでいたと思うので、そのようにした——は二層になっていた。奥行八フィート、高さ四フィートで、舞台の後ろ半分を右から左まで占めるグラグラするプラットフォームの左寄りに例の木があり、ポッツォとラッキーはそこに登場し、演じ終えるとまたそこから退場する。プラットフォームの前は半透明のポリウレタンのシートで覆われているが、これは市内の建物の壊れた窓をふさぐために昨年冬、国連難民高等弁務官事務所がもち込んだものだ。三組のエストラゴンとヴラジーミルはだいたいは舞台の床の上にいたが、ときどき一組か二組が上の台に移動した。三組の個性が明瞭になるまでには数週間の稽古が必要だった。中央のヴラジーミルとエストラゴン（イゾーとヴェリボル）は定型の仲良し二人組だ。女性二人組（ナダとミリヤナ）は最初のうちあれこれ無意味な試みをしていたが、その後はっきりと別種の二人組が出来上がってきた。愛情と依存、苛立ちと軽蔑が入り交じった結びつきで、四十代前半の母親とその成人した娘といった関係だ。セヨとイレーナは年齢的にももっとも年配の二人組だったが、喧嘩ばかりしている怒りっぽい夫と妻を演じた。マンハッタンの南の地区で実際に見たホームレスの人々がモデルとして念頭にあった。そしてラッキーとポッツォが登場してきたときには、三組のヴラジーミルとエストラゴンが一団となり、ギリシアのコロスのような、また恐ろしい支配者と奴隷のショーを眺める観客のような存在になった。

　ヴラジーミルとエストラゴンの役柄を三通り並べ、舞台上の役者の移動で時間がかかってしまい、さらに無言の時間が加わって、上演時間は普通より相当長くなった。一幕だけでゆうに一時間半はかかることがすぐに判明した。二幕では二人組はイゾーとヴェリボルの組だけにするつもりだったので、短くなるはずだった。しかし、たとえ二幕で出演者を減らし、展開を速めても、全幕で二時間半はかかりそうだった。青年劇場の観客席の頭上には小さなシャンデリアが九つ下がっており、もし砲弾に直撃されたり、また近隣の建物が撃たれただけでもいつそれが落ちてくるかわからない状況で、観客に二時間半もそこにじっとして劇を見てくれとはとても要請できない気がした。しかも、何本かの蠟燭の灯りだけで、奥行の深いプロセニアム舞台で何が行なわれているか、三百人もの観客全員に見えるはずはなかった。役者に近い舞台前には、木の板で作った長椅子六列が階段状に並んでいたが、百人が腰掛けるのがせいぜいだった。真夏のことで暑かったし、すし詰めになるのも目に見えていた。（無料だったが）各公演、座席数よりずっと多くの人が楽屋口の外に長蛇の列を作ることも予想がついた。ロビーも手洗いも水もないうえに、観客に苦しい思いをさせ、動くこともままならない状態で二時間半も我慢させることはとうていできなかった。

『ゴドーを待ちながら』全篇の上演はできない、というのが私の結論だった。だが、一幕を長くした上演方針には、言葉は一幕のものしか使わなくとも『ゴドーを待ちながら』全篇を表現することはできる、という意味が含まれていた。戯曲文学でも、一幕それじたいが完全な芝居になっているのはこの作品だけではないだろうか。一幕の場所と時間の設定は——「田舎道。一本の木。夕暮れ」（二幕の設定は「翌日。同じ時間。同じ場所」）。時間設定は「夕暮れ」とされているが、一幕でも二幕でも一日をそっくりたどっており、ヴラジーミルとエストラゴンが再会するところ（性的なこと以外はあらゆる意味で対になっている二人だが、毎日、夜は別れ別れになる）で一日が始まり、まずヴラジーミル

（こちらのほうが支配的で、理屈を述べ、情報を収集し、絶望から身を守るのが相棒より上手だ）が前夜エストラゴンはどこで過ごしたかたずねる。二人はゴドーを待つことについて語り合い（ゴドーが誰であれ）、時間潰しにとりかかる。ポッツォとラッキーがやって来る。二人はしばらくそこに居て、ヴラジーミルとエストラゴンを観客にして「いつもどおりのこと」を繰り広げ、そして立ち去る。その後はゆったりとした安堵のときがある――二人は再び待っている。そこに伝令の男の子がやって来て、今日もまた待った甲斐がなかったことがわかる。

一幕と、一幕の再現である二幕とでは違いのあることは言うまでもない。また一日過ぎただけではない。すべてがもっと悪くなっている。ラッキーはもはやしゃべれず、ポッツォは悲しげで盲目になっており、ヴラジーミルは絶望にとりつかれた。サラエヴォの観客には一幕の絶望だけで十分だ。ゴドーがやって来ないことが二回も続く体験は免れさせたい、と思うふしも私にはあった。意識下には、二幕は違う展開になるとほのめかしたいという気があったのかもしれない。『ゴドーを待ちながら』はサラエヴォの人々の感じていること——剥奪され、飢え、気が滅入り、仲介に立つどこかの外国勢が助けてくれるか守ってくれるのを待っている——をじつに的確に描き出していたが、まさにそれだからこそ、『ゴドーを待ちながら——第一幕』だけの上演もまたふさわしい、と思った。

4

「残念ながら、残念ながら……（Avaj, avaj...）」

——ラッキーのモノローグより

サラエヴォの人々は悲惨な生活を送っている。そして、悲惨なのは『ゴドー』も同じだった。ポッツォ役のイネスはどぎついほど演劇的だったし、アトコは私がこれまで見たなかでももっとも悲痛なラッキーだった。バレエの素養があり、アカデミーでムーヴメントを教えていたアトコは衰弱体の姿勢と仕草をすぐにものにし、ラッキーの自由の踊りに関する私の注文にも創意工夫を凝らしてこたえてくれた。ラッキーがモノローグを全部言い終わるには普通よりも時間がかかった――それまで私が見た『ゴドー』の公演では例外なく（一九七五年、ベルリンのシラー劇場で見たベケット本人の演出による公演も含め）、私の好みからすると、その部分が速すぎ、ナンセンスにしか聞こえなかった。私はこの台詞を五つの部分に分け、問題提起として、映像と音のつながりとして、慟哭として、叫びとして、五通りの台詞を一行一行、役者と話し合った。神の冷淡さと無関心をめぐる、また、心を喪失して硬直化した世界をめぐるベケットのアリアを、あたかも完全にうなずける話として、アトコには語ってもらいたかった。いや、まさにうなずける話だった、とくにサラエヴォでなら。

『ゴドーを待ちながら』は普通ミニマリストの流儀で、あるいはヴォードヴィルのスタイルで上演されるが、私にとってこの芝居は前々からきわめて現実的な作品に思われた。彼らの志向、気質、それまでの演劇経験、それに現在の（どん底の）状況からして、サラエヴォの俳優たちがもっとも見事に上演すると思われる『ゴドー』、そして私が演出家として選んだ『ゴドー』は、苦悶とたとえようもない悲しみにあふれ、終盤には暴力が台頭した。伝令役が大柄の大人だったおかげで、彼が悪い知らせを告げたとき、ヴラジーミルとエストラゴンは失望にとどまらず怒りをあらわにすることもできた。伝令役が少年だったらけっしてありえなかったことだが、彼に手荒な仕打ちをしたりもした（しかも、二人組は三倍の六人もいたのに、伝令はたった一人だった）。伝令が逃げ去ると、彼らは長い、耐えがたい沈黙に呑みこまれていった。チェーホフさながらの絶対的な悲哀の瞬間だ。『桜の園』の終わり、老僕のフィールスが目覚めて、捨て去られた屋敷に自分だけが取り残されたことを知る場面をほうふつとさせた。

★

二回目のサラエヴォ滞在、そして『ゴドー』上演にいたるあいだ、慣れっこになった生活サイクルが繰り返し再生されているような気分にとらわれた。最初の十日間は、市の中心部が封鎖開始以来もっとも激しい砲撃にさらされた（四千近くの砲弾に襲われた日もあった）。再びアメリカの介入への期待が再燃する。しかし、親セルビア派の国連保護軍がクリントンを出し抜く（この言い方は、国連軍の弱腰ぶりからすると威勢がよすぎるかもしれない）。国連保護軍は、アメリカが介入すれば、国連軍が危険にさらされると主張したのだ。

そして、サラエヴォ市民のあいだで着実に深まってゆく絶望と不信感。そして見せかけの停戦（つまり、砲撃と狙撃を小規模に減らしても、それで安心した人々がそれまでより多く市中に出かけるため、毎日、以前と変わらぬ人数が殺され、負傷した）。etc、etc。

出演者も私も「クリントンを待ちながら」といったたぐいの軽口をたたくのは避けようとしたが、七月末にはほぼそれに興じてばかりいた。空港の先の近郊にあるイグマン山をセルビア人勢力がいまにも制圧せんとする時期だった。イグマン山を押さえれば、彼らは市の中心部に向けて水平砲撃を行なうことができる。そこで、セルビア勢の銃撃拠点に対しアメリカが空から攻撃する、あるいは少なくとも武器の禁制が解かれる、との期待が再びもち上がった。失望を恐れるあまり人々は希望を抱くことを躊躇していたが、それでも、再度介入を口にしたクリントンが、再度何もしないで終わってしまうとは、誰にも信じられなかった。介入を支持するバイデン上院議員が七月二十九日に上院で行なった、各五十行詰めで十二頁にもわたる素晴らしい演説の原稿を、衛星ファックスで送られてきた文字は薄くて読みにくかったが、友人のジャーナリストから見せてもらったとき、この私でさえ、再び希望に身を委ねる気になった。サラエヴォで営業している唯一のホテルとなった、もっとも近くのセルビア勢の狙撃拠点から四ブロック離れただけの市の中心地区の西側にあるホリデイ・インは、サラエヴォ陥落あるいは介入を待つジャーナリストたちで混みあっていた。一九八四年の冬季オリンピック以来の盛況だと、従業員は語っていた。

★

ゴドーもクリントンも待ってなんかいるものか、という気になることもあった。待っていたのは小道具だ。ラッキーのスーツケースと弁当用のバスケット、それにポッツォのシガレット・ホールダー（パイプの代わり）と鞭《むち》を見つけるすべは皆無に思えた。エストラゴンがゆっくりと、喜びにふるえながらむしゃむしゃ食べる人参はどうだったか。上演の二日前までは、俳優、助手たち、それにきわめて貴重な裏方たちに食べさせるため、私が毎朝ホリデイ・インの食堂からくすねてくるロールパン（これが朝食だった）のうち三個を代用品にして稽古するしかなかった。舞台での稽古を始めてから一週間後まで、ポッツォが使うロープがまったく見つからなかった。三週間も稽古を重ねてきて、まだ適当な長さのロープはおろか、まともな鞭もシガレット・ホールダーも吸入器もないとなっては、イネスが不機嫌になるのも無理なかった。三人のエストラゴンのつば広帽子とブーツも稽古の終わり近くなってやっと間に合った。衣装――デザインは私が提案し、最初の週にスケッチにＯＫを出していた――は上演前日まで届かなかった。

サラエヴォではほとんどのものが欠乏しており、それが原因の問題もあった。だがなかには、「南方系」（あるいはバルカン）特有の「すべては明日」気質による問題もある、と思わざるをえなかった（「明日は必ずシガレット・ホールダーを渡しますよ」と、三週間にわたり毎朝言われた）。しかし劇場間のライヴァル意識も物不足の一因だった。閉鎖された国民劇場には小道具がそろっているはずだった。なぜそれが使えないのか。初日寸前になってわかったことだが、私は「サラエヴォ演劇界」の客人の身分にすぎなかったばかりか、かの地には数派に分かれた演劇の派閥があり、ハリス・パソヴィッチと手を組む私が他の人々の親切をあてにするなどもってのほかだった（この反目を身内から見せつけられることもあった。前回の訪問のとき知己になった別のプロデューサーが貴重な援助を申し出てくれたときのこと、他のことに関しては合理的で協力的なパソヴィッチに「あいつからは何も貰わないでほしい」と言い渡された）。

　こんなことは、他のどこでも当たり前のことだ。包囲されたサラエヴォだから、あってはならないことだ、とは言えない。戦争前のサラエヴォの演劇界にも、ヨーロッパのどの町にも見られるのと同じような確執、狭量さ、嫉妬があったにちがいない。だが、助手たちも、セットと衣装のデザイナーであるオグニェンカ・フィンチも、またパソヴィッチ自身も、サラエヴォ市民全員が信頼に値する存在であるわけはないことを、何とか私に察知させまいと必死だった。

っていたのに、それが変わってしまったのではないかという思いが、問題のなかには何らかの敵愾《てきがい》心や妨害の意図からくるものもあると気づき始めたとたん、助手の一人が悲しげに言った。「私たちの実像がわかってしまったのでは、もう戻ってきてくれないのでしょうね」と。

★

多元主義の理想を体現する都市——サラエヴォはそれだけではない。市民の多くはここは理想の場所だと考えてきた——たしかに重要な都市ではないが（それほど大きくなく、豊かでもないから）、それでもここは住むには最良の場所だと。野望に燃えて、確固たるキャリアを積むために、サンフランシスコの人がいずれは意をけっしてロサンジェルスやニューヨークへ出て行くように、いつかはここを出て行かなければならないとしても。パソヴィッチは「この町がかつてどんなだったたか、想像つかないだろうなあ」と言っていた。「楽園だったんだ」。このように理想化していたためなおさらのこと、きわめて激しい幻滅につながった。いまでは、この地の私の知人のほぼ全員が、市民の意欲が萎えてしまったことを嘆いている——強盗や窃盗、ギャング行為、略奪まがいの闇市業者、軍の一部による略奪行為の増加、そして市民の協力精神の欠如。自分を責めることはない、自分たちの町を責めることはない、と言ってあげたい気がする。十七カ月にわたってこの町は銃撃戦の舞台と化していたのだ。市役所などというものはあって無きがごとしだ。だから砲撃の残骸は放置され、幼い子供たちの登校も組織化されていない、等々。封鎖された都市は遅かれ早かれ悪行の巣窟となる。

しかしサラエヴォ市民のほとんどは現状を容赦なく弾劾し、苦痛に満ちた曖昧さをこめて、皆が市内の「あれこれの要素」と表現するさまざまな事態を非難する。「ここで何か良いことが起きるなんて、奇蹟だ」と、ある友人は語った。そしてもう一人はこう言う。「ここは悪人の町だ」。イギリス人のフォト・ジャーナリストが蠟燭九本の貴重な寄付をしてくれたときも、あっという間に盗まれてしまった。ある日、ミルザのお弁当——自家製パン一切れと梨一個——が、彼が舞台にいるすきにナップザックから盗まれた。他の俳優の仕業ではありえなかった。だが、それ以外の人なら誰でもできたことだ——裏方の誰か、または稽古に自由に出入りしていた演劇アカデミーの学生かもしれなかった。この盗みが発覚したとき、俳優たちはすっかり落ち込んでしまった。

それでも、町を出たいという人もたしかに多く、可能になれば実際に出て行くが、どうしても耐えられないほど困ってはいないと語る人も驚くほど大勢いる。四月以来の友人の一人、現地のジャーナリストのフルヴォイェ・バティニッチは「私たちはこの生活をいつまでも続けられる」と言っていた。新たに友だちになったゼフラ・クレホ――国民劇場の脚本家――もある夜、「この生活、私は百年だって大丈夫よ」と語った（二人とも年齢は三十代後半だ）。私自身、同じような感情を抱くことがときどきあった。

私の場合、話が違うことは言うまでもない。「十六カ月、お風呂に入っていない」とある中年の婦人が言っていた。「どんな感じかおわかりになる？」もちろんわからない。一カ月風呂なしという程度なら、わかる。関わっている作業が突きつけてくる課題、一緒に作業するあらゆる人の勇気と熱意のおかげで、私は意気軒昂にして元気いっぱいだった。ただ、彼ら一人一人にとってそれがいかにたいへんだったか、またこの町の将来がいかに絶望的か、それは片時も忘れられなかった。私はこの町を出られるが彼らは出られないという事実は大きな差だったが、その他、彼らに比べれば私の困難や危険など小さなものだとはいえ、それに比較的たやすく耐えられたのは、彼らとともにベケットの芝居に全面的に意識を集中していたおかげだ。

5

幕開けの一週間ばかり前までは、芝居が最上級の仕上がりになるとは思えなかった。二層の舞台を使った振付けと感情表現の演出、そして五つの役柄に九人の役者という私の意図は複雑すぎて、役者たちがこんなに短時間でこなすとは考えられなかった。いや、簡単に言えば、私には思いきり注文をつけることができなかった。助手のうちの二人、そしてパソヴィッチには、甘すぎる、「母性的」すぎると言われた。ときには痼癪を起こしてもいいのでは、とくに、まだ台詞を覚えていない出演者には役を降ろすと脅かしてもいいのではないかと。しかし、そのまま続けた。そんなにひどい芝居にはならないだろうと期待しつつ。そして最後の週、突然に、彼らは難関を突破し、順調にいき始めた。舞台稽古では、感動的な、最後まで飽きさせない、良くできた作品についに仕上がったと納得。ベケットの作品に対して恥ずかしくないものになっていると思えた。

この『ゴドー』に対し各国のプレスが大きな注目を寄せてくれたことも、驚きだった。サラエヴォに行き『ゴドーを待ちながら』を演出する、それについてあとで何か書くかもしれない、ということはごく少数の人にしか話してなかった。ジャーナリストと同じホテルに泊まっていたことも失念していた。到着した翌日、ホリデイ・インのロビーや食堂で十件以上のインタヴュー申し込みを受けた。翌日も、また翌日も。話すことは何もない、まだオーディションの段階だ、と答えた。次には、俳優たちは机で本読みをしているだけだと。また次には、舞台での稽古が始まったばかりだが、照明もほとんどなく、何も見えないと。

しかし一週間たってから、パソヴィッチにジャーナリスト陣から依頼がきていることを話し、私としてはそれを受けて俳優たちの集中力を乱したくないと説明すると、彼からは、私の記者会見を準備していること、さらに、ジャーナリストたちに稽古を見学させる許可を出してほしい、インタヴューにも応じてほしい、と言われた。そして、この芝居のためだけでなく、私自身には参加者としての自覚があまりなかったある企画のためにも、最大限の宣伝をしてくれと。その企画とはサラエヴォ国際演劇・映画祭のことで、ディレクターは当の本人ハリス・パソヴィッチ——初めて制作した作品が『アルケスティス』で、制作二作目が私の演出による『ゴドー』という筋立て——と決まっていた。俳優陣に余計な邪魔が入って申し訳ないと謝ると、彼らもジャーナリストの見学を歓迎していることがわかった。どうすべきか相談をもちかけた友人たちもすべて、この作品上演の報道は「サラエヴォにとって歓迎すべきことだ」との意見だった。

テレビ、印刷媒体、ラジオ報道はこの戦争の重要な一環をなしている。フランスの知識人アンドレ・グリュックスマンは四月に二十四時間のサラエヴォ訪問を行なったとき、記者会見に来たサラエヴォ市民に「いまや戦争はメディア・イヴェントだ」「戦争の勝敗はテレビ画面で決まる」と説明したが、これを聞いて私はこう独りごちた――いままでこの地で腕や脚を失ったすべての人々に、同じことを言ってみなさい、と。だが、グリュックスマンの不埒な発言もまったくの的外れではなかった、と思わせるある感覚が広がりつつあることも確かだ。戦争の本質が完全に変わってしまったわけではなく、メディア・イヴェントとはいってもそれは戦争のたんなる一側面、あるいは主要な一側面にすぎない。だがここで私が問題にしたいのは次のような感覚だ。メディアが取り上げるか否かが注目の第一の対象となっていること、そしてメディアが注目しているという事実そのものがときとしてメインの話題となってしまうこと。

たとえば、私がサラエヴォにいたあいだに、ホリデイ・インに泊まっていたジャーナリストのなかでももっとも親しくなった尊敬すべき友人、ＢＢＣのアラン・リトルが市内のある病院を訪ね、頭に重傷を負って半ば意識の薄れた状態にあった五歳の少女に引き会わされた。母親は同じ機銃掃射で殺されていた。脳のスキャニング検査と高度な治療ができるどこかよその病院に空輸しなければ、この子の命は助からない、と医者は言った。アランは少女の窮状に心を動かされ、レポートで彼女のことを語り始めた。何日も何も起こらなかった。そして他のジャーナリストたちがこの話を聞きつけて報道し始めると、「少女イルマ」の一件がイギリスのタブロイド新聞の一面に連日取り上げられるようになり、テレビのニュースではボスニアからの報道といえばほぼこの話ばかりになった。一つでも何かをやっていることを世間に示すのに必死の［当時のイギリスの首相の］ジョン・メイジャーは、少女をロンドンに運ぶべく飛行機を派遣した。

そして、揺り戻しがきた。アランは、自分の報道がそんなに大きなことになろうとは最初は意識すらしていなかったが、その後、報道の圧力で少女の脱出が実現すると知り大喜びしたのも束の間、今度は、子供の苦しみを利用した「メディア・サーカス」と攻撃され、当惑した。批判はこうだった——多くは腕や脚の喪失や麻痺に苦しむ、何千人という子供や大人が、スタッフ不足、物資不足のサラエヴォの病院で悲嘆にくれ、国連のせいで（それはまた別の話だが）外へ運び出してもらうこともできずにいるというのに、たった一人の子供だけに注目するのは道義的に許しがたい、と。それをするのは良いことだった——一人の子供の生命を救おうという努力は何もしないよりは良いことだ。この点は歴然としていたし、事実、その結果、他にも脱出できた人々がいた。だが、サラエヴォの病院の惨状について報道するならまだしも、それは棚上げにされて、プレスがとった行動についての論争のみに話は矮小化されてしまった。

★

今世紀に入ってヨーロッパで起こされたジェノサイドのなかで、それを世界の報道陣がこぞって追いかけ、夜ごとテレビに映し出したのはこれが初めてだ。一九一五年には、アルメニアから世界のプレスへ向けて毎日報道を送る記者はいなかった。ダッハウにもアウシュヴィッツにも外国のカメラ班はいなかった。ボスニアでジェノサイドが起こるまでは——『ニューズデイ』のロイ・ガットマンや『ニューヨーク・タイムズ』のジョン・バーンズといった現地にいた最良の記者たちの多くが、事実、以下のように確信していた——報道が外へ伝わりさえすれば、世界は何かをするはずだ、と考えられた。ボスニアのジェノサイドの報道がその幻想に終止符を打った。

新聞やラジオの報道、なかでもテレビ放映をとおして、ボスニアにおける戦争は稀に見るほど詳細にわたって伝えられた。だが、世界でも数えるほどしかいない政治的、軍事的決定を下す人々の側に介入の意志がない限り、この戦争ももう一つの遠く離れた災難以上のものにはならない。かの地で苦しみ殺されてゆく人々は災難の「被害者」と化す。苦悩は歴然と存在するし、クローズアップで見ることもできる。多くの人が被害者に同情を寄せるのは疑うべくもない。記録にとどめることができないのは、不在だ——この苦しみを終わらせようというういっさいの意志の不在だ。もっと正確には、ボスニアには介入しないという決定はおもにヨーロッパが下したものだが、そのもとには、オルセー河岸（フランス外務省）とイギリス外務省の従来からの偏向した親セルビア姿勢がある。その偏向の表われが、おおむねフランス軍が展開している国連のサラエヴォ占領作戦だ。

テレビを批判する人々がよく言う標準的な主張は、小さな画面で見る恐ろしい出来事は、現実感を促すと同時に、見ている人をますますその事態から遠ざけていく、というものだが、私はそれを信じない。戦争を終わらせる行動がないのに、戦争について絶え間ない知らせが流れてくる。これこそが私たちをたんなる観客の立場に追いやるのだ。テレビではなく、政治家たちこそ、歴史を番組の再放送であるかのように見せている張本人なのだ。同じ出しものを見ていれば飽きもする。テレビで見る戦争に非現実感がただようとすれば、そのあまりの恐ろしさにもかかわらず、それが明らかに停止させるすべさえない事態だからだ。

サラエヴォの人々でさえ、ときどき戦争が非現実的に感じられると言う。彼らは、和らぐことのない衝撃状態に身を置いており、それが言葉でも、不信感をともなって表われてくる（「何でこんなことが起こるの？　まだ本当のこととは信じられない」）。セルビア勢の暴虐と、みずからが余儀なくされている生活の不毛さと、不慣れな思いに、彼ら自身ただただ驚愕している。「私たちは中世に生きている」と誰かが言った。「サイエンス・フィクションよ」と言う人もいた。

サラエヴォにいるあいだ、非現実感にとらわれたことがあるかと質問される。サラエヴォに行くようになってから——この冬も、ナダのラネーフスカヤ夫人とヴェリボルのロパーヒンで『桜の園』を上演するため、また行くつもりだ——私にはそこは世界でもっとも現実的な場所に思える、というのが真実だ。

★

『ゴドーを待ちながら』は十二本の蠟燭を舞台に置いて、八月十七日に開幕した。その日は二公演で、開演は午後二時と四時、サラエヴォにはマティネーしかない。暗くなってから外出する人はほとんどいない。満員で多くの人が入れなかった。最初の二、三公演、私は不安で身を硬くしていた。だが、ある瞬間、三回目の公演だったと思うが、リラックスし始めた。初めて、観客として見ることができた。イネスが紙粘土のニワトリをむさぼり食う場面で、自分とアトコを結びつけているロープをたゆませはしないか、ヴラジーミルの3を演じるセヨが放尿するために急いで退場する寸前に、左右に重心を交互に移し、しばらくもじもじする仕草を忘れはしないか――もはや心配はやめだ。芝居はもう俳優たちのもので、杞憂は無用だ。その回の公演の最終場面だったか――八月十八日水曜日午後二時――ゴドーさんが、今日は来られないけれど、あしたは必ず行くからって、との伝令の言葉に続くヴラジーミルとエストラゴンの長い悲劇的な沈黙のさなか、私の両眼が涙でちくちくし始めた。ヴェリボルも泣いていた。観客席は静まりかえっていた。聞こえるのは、劇場の外の音のみだった――街路を驀進する国連軍の車両、そして狙撃の爆音。

■訳者付記――本稿はイギリスの『オブザーヴァー』(一九九三年十月二十四日号)に掲載された。ほぼ同時に、タイトルを「ゴドーがサラエヴォにやってくる」と変え、若干短縮したヴァージョンが、アメリカでも『ニューヨーク・レヴュー・オブ・ブックス』(一九九三年十月二十一日号)に掲載されている。また、フランスの『リベラシオン』をはじめ、各国の新聞・雑誌にも訳載されて、広く話題を呼んだ。日本では『批評空間』（一九九四年、第二期第一号）に拙訳で掲載された。このように、それが本来マスメディアを想定して書かれたものであることを考慮して読んでいただきたい。『ゴドーを待ちながら』の台詞などについては、白水社版（安堂信也＋高橋康也訳、一九九〇年）を参考にさせていただきました。また人名表記については早稲田大学の伊東一郎氏のご教示をいただきました。なお、訳稿の本書への転載にあたっては、若干の修正を加えた。

未来に向けて——往復書簡

Correspondence with Kenzaburo Oe

敬愛するスーザン・ソンタグ

ニューヨークでお目にかかった記者が、困難な病気を克服されたあなたに精神の強さがあふれるようだった、と伝えました。私は長年のあなたの読者として、彼女の喜びに共感したのです。

記者のお土産は二冊の本でした。いずれ邦訳が出るという『The Volcano Lover』［邦訳＝『火山に恋して』みすず書房、二〇〇一年］と、『Conversations with Susan Sontag（スーザン・ソンタグとの対話）』。

『火山に恋して』は、新しい女性像を見事に描いた歴史小説として、広い読者をかちえたことが納得されます。あわせて私はその自由な語り口を楽しみました。広島と長崎の二つの都市殺しと、死の灰の降って来るポンペイの、歴史のなかの・歴史をこえた情景をかさねる、あなたの想像力の編み目はリアリティーのあるものです。

そして「スーザン・ソンタグ神話」への対し方の難しさを、不思議なユーモアにしてあなたに問いかけるインタヴューから、「初期のゴジラ」を続けざまに見た経験と、「大災厄のイメージに魅惑される」ことを結んでおられるのも知りました。私のなかで、あなたの想像力の編み目のもうひとつが、鮮明さを加えたのです。

いまこの国の新聞も、北大西洋条約機構（NATO）によるユーゴスラヴィア空爆とコソヴォからの難民の流出を連日報道しています。それとつないで、サラエヴォの大災厄のさなかであなたが続けてこられた、人間らしい威厳と勇気に満ちた活動のことを思い出す日本人は多いでしょう。

しかし、一九九五年、久しぶりに日本を訪ねられたあなたが、柄谷行人と浅田彰を相手になさった対話のことは、それをいま切実に考えなおす人の数は限られているはずです。私はその重要さを再認することから始めたいと思います。

あなたは、湾岸戦争をめぐってアメリカに抗議する運動を行なったわが国の代表的な若手の知識人たちに、直接語られました。ユーゴスラヴィアで起こっていることは、クロアチア人に対する、またボスニア人に対する、セルビア人の侵略戦争だが、この一見内戦と見えるものが、二一世紀初頭に現われて来る戦争の主要な形態になってゆくだろう。

最後の帝国主義的な軍事行動であるとしか思えない湾岸戦争よりも、ポスト冷戦時代の現象として、こちらのほうがはるかに重要な意味を持つと考えている、と。

そして、あなたがこう続けていられるのを読んだ時——いまも、また——私はあなたが日本について根本的な課題を提出されたのを感じた——感じる——のです。

「多くの人々は共産主義こそ二〇世紀の大きな物語だと考えていました。ことによると、二〇世紀の真の大きな物語は、我々が歴史の一章にすぎず、もう終わってしまったと考えたもの、すなわちファシズムであるということになるかもしれません」〔『批評空間』第二期七号、太田出版、一九九五年〕。

これまで私は、戦後日本の政治的な制度と出来事が、しばしばいかにも露骨に方向づけられるものでありながら、同時に、きわめてあいまいな現象として現われることを言ってきました。現在進行しているもっとも露骨な政府の選択は、アメリカの世界戦略にアジア規模で全面的に参加してゆくための、「周辺事態法」の態勢です。

日本の憲法は、これによってさらにあいまいな——しかも、意図はさらにあからさまな——解釈を許すことになります。議会を合法的に無視する戦術とともに一九六〇年の安保改定を思い出させながら、あの際の大規模な市民の抵抗は起こらない今度の経過の背後に、いわば国民的気分として姿を現わしつつあるもの。それがさきの対話であなたが言っていられるところへ、あまり遠くないうちに、ぴったり重なることはないでしょうか。

日本の超国家主義は、制度においてはもとより、イデオロギーとしても、国民的心情のレヴェルにおいても、五十年前の敗戦でいったん解消されました。

戦後の憲法は、天皇をめぐる制度と、この国の軍事体制について新しい定義をあたえました。それは日本の超国家主義に、復活の可能性を閉ざすものと受けとめられてきました。

しかしアジアの諸国家から、時をおいては不信と警戒の声があがってきたことも事実です。私はそれが日本人にとってつねに有効な批評であったと思います。それがあることで、日本人は必要な進路の微調整を行なうことができました。むしろ、それによって、国内から提出されるもっと根本的な批評をまぬがれた、とひそかに考える権力内部の古強者もいるのではないかと思うほどです。

しかしこの半世紀は、憲法についてのシニシズムを、日本の知識人に、二重の仕方で固着させた、とも思います。ポスト・モダーンの知識人のシニシズムについての、あなたの分析を思いつついうのですが、わが国におけるそれは、二重になっているだけにかえって単純です。

保守派の知識人は、憲法についての不満を表明し続けてきましたが、議会でそれを改正することは実現不可能だと考えている点でシニカルです。

進歩派の知識人は、「周辺事態法」に見られるとおり、憲法が自在に空洞化されることを知っている点で、シニカルです。超国家主義の悲惨な犠牲をともなった壊滅の後、国民のものとなった民主主義の憲法が、広くシニシズムの対象となっている国で、ファシズムの「物語」を準備することは容易なのではないでしょうか?

いま日本で、粘り強い自立した読書の習慣をもつ市民が支持してきた硬派の出版は力を失い始めています。広告が超大ベストセラーを生産するシステムは、抵抗なくやすやすと機能しています。一千万部を超える大新聞があります。それに対抗する大新聞はありますが、批判的な少数の質の高いジャーナリズムが力を持つ文化的な風土ではなくなっています。

あなたはさきの対話で、資本主義が家族、共同体そして国家を弱体化させる、という分析も示していられました。現に、西欧諸国、とくに北アメリカ、そして日本であきらかだ、と。私はこの国の場合、むしろ保守派がそれについて敏感であると思います。危機感は、さきに言った国民的気分につないで演出されています。このままでは、国が滅びる――国が滅びる、ということの定義はあいまいなままですが。家族は崩壊しつつあるし、教育の現場も同じ。双方について、少年犯罪の凶悪化が証拠とされます。

あなたはまた、日本の知識人はオウム真理教に真面目に対応したか、と問いかけていられたのでしたが、それは弱くなった共同体のすき間への、まったく異質な共同体の出現をどう受けとめているか、という問いだと私は考えています。いま伝えられているオウム復活の動きは、若い日本人のある確かな数が、弱くない共同体のモデルを、余裕のない真面目さで探しもとめていることではないでしょうか？

私はこの国に超国家主義がゆるゆると、しかし突然に復活してしまっている日という「物語」を考えずにはいられません。それはいまこの国で宣伝されている近未来のアジアの災厄の、どれよりも色濃いリアリティーを持つように感じられます。

私がノーベル賞を受けた直後、アトランタで先行する受賞者たちとの会議がありました。帰り道のニューヨークで友人が催してくれたパーティーに、エドワード・サイードとともに、あなたが来てくださいました。どうしてあのように無意味な会議に出たのか？　とあなたは問いかけられました。私はお答えしました。

パスはメキシコの、ショインカはナイジェリアの、ウォルコットはカリブ海の、モリソンはアメリカ黒人の、そしてブロツキーは崩壊したソヴィエトの、みなそれぞれの二〇世紀の傷痕を魂にきざんで生き、かつ普遍的に表現している。自分は超国家主義の日本で少年時を、戦後民主主義の輝きと幻滅のなかで青年期以後を生きたモデルとして、そこに参加したいと思った……。

私はいま四年ぶりに長編『宙返り』を刊行しようとしています。そこでは大災厄の予感のなかで、自分が教祖として作り出した教団から、権力に幾重にも包囲されて棄教者として去った人物が、一度裏切った信者たちと、新しい教会を建てようとします。

私は信仰を持たない人間ですが、この小説を書き続けることで、自分のなかの、神秘主義的なものに引かれる部分を洗い出し、それに対処することができた、と思います。老年に向けて、国民的気分においてはともに軽蔑語《ペジョラテイヴ》である、民主主義者であることと知識人であることとを引き受けなおして生きる準備ができたようにも感じます。

そのような時期に、あなたにお手紙することを思い立ったのでした。

一九九九年四月二十五日

大江健三郎

親愛なる大江健三郎へ

あなたらしい思慮深さと心にしみる誠意にあふれたお手紙をいただき、たいへんうれしく思います。

誠実な対話を公開のかたちでもつ試みにはさまざまな落とし穴がつきものですが、それにもかかわらず私たち二人に関係のある諸問題について、心を尽くしてあなたと語り合うこの機会を歓迎しています。

あなたはノーベル賞受賞記念講演でご自分のことを「東京の消費文化の肥大と、世界的なサブカルチャーの反映としての文学とは異なる、真面目な文学の創造を願う」作家であると説明なさっています。みずからをこのように説明することは私も心の底から賛成です。

まさに今日、反対者としての精神を抜きにして文学を創造することは私には考えられません。モダーニティ〔近代性、近代という時代〕は多くの革命的な恩恵――なかでも注目すべきは女性と男性の平等という思想の獲得ですが――とともに、徹底的、いや革命的でかつてない規模の文化的な大不幸をもたらしました。品位を失った文化の観念と品位を失わせる文化の観念が、いまでは全地球をほしいままに支配しています。それによって最初に破壊されたのは道義的な鋭敏さと真剣さを支える基盤そのものです。

ですからこそ作家のもっとも重要な責務として、ともかくどうあるべきか……真剣さを失わないことが必要なのです。シニカルでは〔斜に構えていては〕いけない。そして証言すること。被害者のために声をあげて語ること。

しかし、あなたと同じに私もまた文化の活動家としてこれまできたとはいえ、そこには相当なためらいと終わりのない疑問がつきまとっていました。

でもこうした疑問はあなたがご自身の国と、その国の選択、またその国の一九四五年以来のモダーニティの製造の仕方を相手どって展開している堂々たる戦いには、関係ないことなのかもしれません。それは私自身の責務をめぐる、私の問いかけです。でも、あなたにならそれについて語ることができる、理解していただける気がします。

ヴォルテール、ゾラ、ソルジェニーツィンと、不正の犠牲者を擁護すべく権力に向かって真実を語ったことで、永遠の栄光に値する作家は少なくありません。でも、優れた作家は必ず正しい大義を主張するなどとは、誰もまともに信じていません。残念ながら、ほとんどの人々と同様、ほとんどの作家も体制順応派です。国家が何を代表しているかにかかわらず国家権力を支持するのです。悪しき主張に奉仕するイデオローグや擁護者になった作家、しかも天分に恵まれた作家の例はたくさんあります。コソヴォに住む非セルビア系の人々百万人以上を残虐な目にあわせ、彼らの土地から追放して、行き着くところまでいってしまった「民族浄化」政策の、もっとも雄弁な支持者はセルビアの高名な作家たちでした。

ご存じのように私は作家としての全生活を通じて、公然と自分の立場を表明してきました。アメリカの帝国主義とヴェトナムにおけるアメリカの戦争への反対などの政治的な立場しかり。文化的な立場はあまりにも多く複雑なのでここでは説明をはぶきます。広島・長崎の意味について書き始めたときのあなたがそうだったはずですが、私も立場を表明することは自分の義務だと感じたのです。サラエヴォが包囲されていた何年間にも、そこで自分を役立てる方法を探ることが義務でした。

それでいて同時に、どう申しましょうか、意見をもつことはたやすい、安易すぎる、という自覚がありました。たとえ正しい意見でもそうです。

論争の的となっている意見を支持すれば、支持者はいやおうなく有名になり目立ちます。たとえそれがその行為の目的ではなくとも。

私がずいぶん前に自分に課したことがあります。自分がそれまで知らなかったり、この目で見たことがなかったりする事柄については、けっしてどんな立場もとってはならないと。ヴェトナムでの戦争については六八年と七三年にそこへ行っているので語ることができます。サラエヴォでもほぼ三年間にわたり相当の時間を過ごしました。アルバニアにも最近二度滞在しました。

善意があっても思慮深くとも、直接の体験の具体性にとって代わることはけっしてできません。リアルなものの衝撃。私たちはフィクションの作家としてこのことを知っているのではないでしょうか。

身をもって目撃すること、参加すること。この問題を出したわけを言いましょう。旧ユーゴスラヴィアにもアルバニアにも行ったことがなく、その地の人々の歴史や地理もまったく見当もつかない人々が、バルカン半島において十年も続いた恐ろしい事態をめぐり立場をとる。その多くがあまりにも私の予想どおりの立場だったことに自分でもショックを受けたのです。どんな戦争地帯にも一度も近づいたことがなく、戦闘に与したり、爆撃のもとで生活したりするとはどんなことかこれっぽっちの考えもない。それがみえみえのアメリカやヨーロッパの知識人たちが尊大にもあの戦争について語るのを目にして、怒りを禁じえません。

真剣であること。それは私たちが二人とも身を投じている計画です（いまや、それは計画以外の何ものでもない）。真剣であるということは責任をとるということです。でも、独善的にならずに正しくあるにはどうすべきか。どうすれば

「私」を放棄できるか。何であれ、自分はこのことなら知っているとの判断は、この「私」をとおして得るものではあるのですが（シモーヌ・ヴェイユは、「私たち」よりひどい唯一のもの、それは「私」だ……と語りました）。

　私たちは二人ともナショナリズムの強硬な反対者です。ユーゴスラヴィアの偉大な作家ダニーロ・キシュの言葉を借りれば、ナショナリズムの感情の不快きわまりない「キッチュさ〔低俗な虚飾〕」の反対者です。

　私たちが考えるあらゆること――私たちが生命と、書くこととを捧げてきたあらゆる思考――は、すでに以前から配剤されていた。私もそうですが、きっとあなたもそう思ったことがあるはずです。正しいことを防衛することは終わりのない責務です。

　間違っていると知っていても、間違っていることをやってのける、人間のその能力にも私は驚いています。

　アルゼンチンの海軍武官、アドルフォ・フランシスコ・シリンゴ少佐についてお聞きになったことがありますか。七〇年代後半の軍事独裁政権がとらえた政治囚の多くを、きわめて恐ろしい方法で処刑したことを数年前に告白した人物です。政治囚を海軍機で上空に連行し、飛行機から投げ落としたというのです（しかも、これは「軍の命令」の遂行だったと）。アルゼンチンのいわゆる汚れた戦争の最中の彼とその他の人々の所業を考えると身震いがします。

さらに脳裏を離れないのがシリンゴの次の告白です。腕と胴体を縛り上げられ、しかも意識のしっかりしていた犠牲者たち——女も男も、青少年も老人もいたということです——を南大西洋上の暗い空中に押し出そうという瞬間、彼はかつて見たナチスの死の強制収容所の写真をしばしば思い浮かべたと言います。

本人の言葉をそのまま読んでください。告白についての新聞記事からノートに書き写しておいたものです。

「自分がかかえていた精神的な問題は、彼らがかたまって、というか、整列していると、第二次世界大戦の写真そっくりに見えたことです」。

このようにシリンゴは「精神的な問題」をかかえていました。あえて言えば彼にも苦悩の瞬間があった。それでも彼は飛行機から政治囚を一人、また一人と投げ落としていったのです。

この話から私たちは、広島と長崎への原子爆弾投下を計画した人々、それを実行した人々、アウシュヴィッツや強制収容所を取り仕切っていた人々、南京大虐殺をおかした人々、カンボジアとルワンダで何百万人を殺害した人々、コソヴォであの大々的なひどい苦悩を作り出している人々について、何を考えるのでしょうか。

あなたの作業で私が素晴らしいと思うのは――いいえ、敬愛しているのは、と言わせてください――これらすべてのことについて考えることをけっしてやめないことです。苦悩について、尊厳について、悲嘆について、災厄について。

いま、私たちは次の世紀――いえ千年紀でもいいですが――に突入しようとしています。日本には天皇の在任期をもとにした時代区分〔元号〕があるので少しは気楽かもしれませんが。ところで、西洋式の時間の計り方が（他のあまりにも多くのことと同様に）、こんなにまんまと全地球に押しつけられてしまったことは驚きではありませんか。

私への手紙の終わりにあなたはお書きになっています。「民主主義者であることと知識人であることとを引き受けなおして生きる準備ができたようにも感じます」と。

私たちはほぼ同い年で——当方、生まれは一九三三年——毎日、老いてゆく自覚とともに生きています。ご存知のように、私は昨年の七月以来二度目の原発性がんで病気です（七〇年代の後半にも、がんの患者だったのですが、主治医の言った悲観的な予後を裏切って治癒しました）。今回も治るかどうかもちろんまったく確かではありませんが、いまは元気で（お聞きおよびのとおり）、思考もこの新しい病に支配されてはいません。

私たちがいずれ死ぬことは確実です。問題はいかに生きるかです。ゴーゴリが『死せる魂』のために書いた次のような文章をご存じでしょうか。

「人の内部であらゆるものが以前より遅くなり、つねに刺激を受けていないと永遠の眠りに入ってしまいかねない、あの人生の運命的な段階にすでに自分がきていることをチチコフは忘れていた。老いの始まった人が社会の俗悪な習慣にいかに鈍感に、無感覚と言ってもよいほどにおかされてゆくものか、彼はそれに気がつかなかった……それは長いあいだに人の動きを奪い、包み込んでしまうため、もはや自己というものがその人のなかに残っていない状態になる。残るのは世界の側に属するひとかたまりの条件づけや反射行動のみだ。それを突破して魂に到達しようとすると、それはもはやそこにはない」。

理想的には作家、真剣な作家のやることは精神的な死の状態と戦うことです。共同体の気楽な生活にたてつきながら毎日みずからの魂と、自己と自分の母語との関係を蘇生させることです。低俗な理想主義にもシニシズムにも対抗しなければなりません。

あなたが「民主主義者であることと知識人であること」の複雑さと責任の大きさとを過小評価しているはずはありません。では文化の問題、具体的に文学の問題に関しても民主主義者であろうと思われますか。思っていらっしゃらないのではと推察します。私たちの敵——真剣な文学の敵——のなかには、搾取的な消費文化を忌み嫌う私たちのような人間を「エリート主義者」と決めつけ、「民主主義者」の呼称は自分たちのものだと主張している人々がいます。そこで私たちのなかで、政治的システムとしての民主主義への賛意と、文化のシステムへの疑念とは、どうしたら和解させられるのでしょう。手ごわい難問がまだまだあります……。

お手紙の終わり近く、ニューヨークでお目にかかった機会について書かれていいます。ディナーであなたの隣に座らせていただきうれしかったのは覚えていますが、あなたのおっしゃるような僭越な問いかけをしたことはまったく記憶にありません（そんな問いかけはしなかったと否定しているわけではありませんが）。

その問いかけがあなたの脳裏に残した影響についておわびします。言うまでもなく無礼な振る舞いを承知のうえでしたわけではなく、正直なことを申しあげただけです（ところが、この二つはしばしば重なるのですね……）。あの会議に出た作家の一人ヨセフ・ブロツキーとは親友でしたが、ご承知かもしれません。オクタヴィオ・パスとも友だちでした。ウォルコット、ショインカ、モリソンとも知り合いです。ですからこれらの作家たちとお会いになる機会が「無意味」とは思いもしないことです。おっしゃるように、この方たちもあなたと同じように、私たちの世紀の歴史の戒めと激しい苦痛に満ちた消息の証人です。

はっきり言えることは、あの会議（そう呼ぶべきものだとしたら）が私にとって「無意味」に思えた原因は、出席者の顔ぶれではなく主催者の問題です。お会いする直前にあなたが出席なさった二日間のイヴェントは「文化オリンピック」と呼ばれていて、オリンピック史上のもっとも商業化された金儲け偏重の大会、第二十六回オリンピック大会のための大がかりなウオーミングアップ、ＰＲ事業の一環でした。偉大な作家たちが大会のプロモーションのために（激しすぎる言葉かもしれませんが）搾取されている、と私は思いました。

アトランタは文化的な豊かさで知られる都市ではありません。いずれにしてもオリンピック委員会は、バルセロナで開催された第二十五回大会のような豊かな文化的環境に匹敵するものを提供しよう、などという意欲はもちあわせていませんでした。しかし誰かが、ノーベル文学賞受賞者をアトランタに招集して短期の顔見せをやったらどうか、と思いついたのでしょう。委員会にすればあなた方はスーパースターです。まもなくアトランタにやって来て勇猛果敢ぶりを発揮し、スポーツ界のノーベル賞とも言えるメダルを目指して競い合うスポーツ界のスーパースターたちと同じように。

あなたはなぜ自分たちがアトランタに招かれるのか、理由を考えることすらなかったはずです。大江健三郎は喜んで招待を受け、ブロツキーやパスたちと話し合う機会をもつ。どこも悪いことはありません！　それでも事実は変わらず、あなた方は真剣な文学の意気軒昂な目的を前進させるためではなく、オリンピック大会の宣伝に利用されていたのです。

お会いしたニューヨークでのディナーの席で私の問いかけの背後にあったのは、このような思いだったはずです。私は古典的な西洋流の考え方をして、「不純な」前後関係をいまいましく思っていました。超商業的なオリンピック大会と文学とは、どんな関係があるのだろうと。

あなたが私の問いかけを意味不明と思われたのも納得できます。

私もそう思います。あらゆる社会的状況は、アトランタでのノーベル賞受賞者の会合も含めてでしょう、いやおうなく「不純」であるということを私は意識していますし、あのときもその意識はあったと思います。

そこで自問するわけです。自分に議論を吹っかけるのが好きなものですから。不純で何がそんなに悪いのか？　日本は何度も訪問しており（七九年以来）、しばしば気がついたことですが、「位階性」と「格づけ」というすぐれて西洋的な考え方を、日本人は空間のしつらえ方において何と見事に回避していることか。オフィスビルの十階に能楽堂がある、デパートの屋上にお社がのっかっている、日本の最強企業の一つの名を冠したビルの地下でエレベーターのドアが開くと、パリでもっとも有名なレストランのぎらぎらしたまがいものが現われる。

あなたとブロッキー、パス、その他の顔ぶれがアトランタで一緒にいる。このことを前述のような意味でどこか日本的な現象として考えてみました。何かというと憤りを感じるのは楽しいことではありませんけれど。偉大な作家ともなると起こりがちなことですが、作家が何かを代表する人物となった場合は、「利用される」ことになります。比較的害の少ないこともあるでしょうが、それでも商業主義は気になります。あなたもそうでしょう。私たちの意図さえ純粋なら、いかがわしいスポンサーでも共謀者にならないですむはずだ。そう信じられたらと願うのですが、そうはいきません。

親愛なる大江健三郎。この手紙はだいぶ長くなりました。あなたのお手紙にある多くの問いかけにお答えしていないことに気づき、気まずい思いもあります。最後になりましたが、新しい小説がまもなく出版されると知りとてもうれしく思います。『宙返り』を翻訳でになりますが読ませていただくことを首を長くして楽しみにしております。

お返事をお待ちしております。

一九九九年六月三日

スーザン・ソンタグ

親愛なるスーザン・ソンタグへ

私たちの手紙が発表された週、私はある場所で、『ニューヨーク・タイムズ・マガジン』五月二日号を手にした、わが国の優秀な若者たちに囲まれました。あなたの重要な寄稿「われわれはなぜコソヴォにいるのか」について、解読をもとめてのことでした。

かれらの質問を要約すれば、「すべての暴力がひとしく非難されるべきものなのではない。すべての戦争がひとしく不正なものなのでもない」という一節は、北大西洋条約機構（NATO）の空爆を支持するものなのか、ということです。

私の答えを要約します。スーザン・ソンタグは、ポスト冷戦時代の現象として——さらに、まだ終わっていない、この世紀のファシズムの形態として——ヨーロッパの一国内の戦争に警告を発し続けてきた。ボスニアにおいては、現場におもむいて仕事もした。いまミロシェヴィッチが仕掛けたものを押しとどめるために、他の方法があるか？　彼女が積み重ねてきた苦労に裏打ちされている苦渋、そして文明全体への深く暗いアイロニーを感じとることなしに、この二行を有効に読みとることはできない。

むしろきみたちは、自分らの国がアメリカの戦略の一環を公式に担ったいま、アジアに起こる、国境に囲い込まれているファシズムの戦争に賛成するか、反対するか、中立はありえぬ以上、新しい第三の道を作り出すことができるか、それを考えてみるべきではないか？　これからの十年、二十年の間に「われわれはなぜＴＯＫＹＯにいるのか」という事態が起こらぬといいきれるだろうか？

親愛なるスーザン・ソンタグ、私はあなたの評論を誤読しているかも知れません。しかし、私はいま、あの若者たちとの話し合いの続きのようにして、あなたのお手紙への返事を書いています。あなたは、おもにアメリカとヨーロッパに実際的な視座をさだめて語っていられますが、日本人の私もあの若者たちも、ポジティヴな挑発を受けました。それはあなたがいつも、「世界」と「人間」に正面から立ち向かっていられるからです。

あなたが、「善意があっても、思慮深くとも、直接の具体性にとって代わることはけっしてできません」といわれるのに、私は同意します。自分の書いていることの直接的な無効性を知っているゆえに、私はヒロシマや沖縄について文章を発表しながら、顔を伏せる思いがしばしばあったのです。しかも、さらに書き続けないではいられなかったのでした。

小説を書く際にも、同じことが本質的な課題としてあります。私は新しい小説『宙返り』のために広告用の短い言葉をもとめられて、「いま私は小説に、〃魂のこと〃をする場所を作りたい。それもリアルに」と書きました。それが、あなたのいわれる、私たちがフィクションの書き手として知っている「リアルなものの衝撃」という言葉と通い合うものであることを私は望みます。

私の考えている「魂のこと」とは、若者たちが、精神においても感受性においても生きる技術《テクネー》においても「真剣であること」をつらぬき、それらを統合しようとする時、現われてくるものです。「魂のこと」をする場所とは、そのための開かれた小さな共同体です。

私はこの国に柔らかなファシズムの網がかけられる時、若者たちが国境の外へインターネットの窓をあける、そのような共同体を夢想します。

私は、反対者としての精神によって文学を作る、というあなたの態度にも異論がありません。イギリスで独自な反核運動をすすめた歴史家E・P・トムソンに、私は敬意をいだいてきました。晩年のかれがトロントで行なったブレイク講義のなかでの、詩人がdissenterの――わが国では、イギリス国教に反対する小宗派、と訳されていますが、トムソンはもっと端的に反対する人たちという性格を強調しています――家庭に育った、という指摘と、それにもたらされたものの評価に共感しました。

私は知的な障害を持つ息子との共生を描いた短編小説の連作に、それを外に向けて開くことを意図して、『新しい人よ眼ざめよ』と名付けました。すぐに読みとってくださるにちがいないように、それは『ミルトン』序からの引用です。

ブレイクは若者たちに「軍営、法廷そして大学」のなかの「雇われ人」に対して反対せよ、と呼びかけました。いま「雇われ人」は、マスコミはじめ文化構造の全域をみたしています。私の受賞直後の、軽率な振る舞いにあなたが注意してくださったのは正しかったと思います。

私があの旅で会った、あなたのすばらしい友人ブロッキーは、道義的な鋭敏さと真剣さそのものの人格でした。シニカルでなく、証言し、それもかれの真に知っている被害者のために声をあげる人でした。私はあなたの手紙を読みながら、あの時もう人生の時をほとんどあますところのなかったブロッキーの深い穏やかさ、それと矛盾しない不機嫌さ、そしてかれが初等・中等教育で詩を読ませることの重要さを熱心に説いた声音を思い出したのです。

さて、あなたはユーゴスラヴィアの作家の言葉を引用して、「ナショナリズムの感情の不快きわまりない〝キッチュさ〟」を指摘されました。

わが国では、いま大部数の週刊誌を中心に、「日の丸」を南京大虐殺に結びつけて考えるような態度は、もう退屈だ、というたぐいの識者の――この特殊な日本語をどう訳せばいいでしょう？　少なくともそれは知識人の同義語ではありません――発言が横行しています。それは彼らがアジアの近代についてリアルな認識を持たないか、日本人の過去に面と向かう勇気も余裕もないか、ということなのですが、この種の識者が、若い親たちと子供らに向けて、教育家めいたご託宣をたれるのです。

私が「キッチュさ」という単語から思い出すのは、戦前・戦中の東京風景の、茶色になった写真に出てくる「日の丸」です。戦後、勇敢な若い演劇人たちが、その「キッチュさ」を逆転して、面白い効果をあげることがよくありました。しかしいま、そうした批評的な表現としての「日の丸」を舞台に見ることはなくなっています。

繰り返しになりますが、周辺事態法によってアメリカの軍事的な指揮下に入った日本政府が、その一方で、若者たちのナショナリズムを励ますことは難しい。そこで「日の丸」と「君が代」を国旗、国歌として法制化しようとする企てが、さきの法案を通した保守党の連合によって議会に持ち出されています。

すぐにもこの国の文化の全体が「ナショナリズムの感情の不快きわまりない〝キッチュさ〟」に向けて押し曲げられてゆくのかも知れません。私はさきの手紙に新しいかたちで再現しかねない超国家主義について書きましたが、あれからの短い間に、これだけのことが起こっているのです。

この四月、私はヘミングウェイ生誕百年に集まった聴衆に、若い時から持ち続けてきた単純な疑問を打ち明けました。小説家は「知っていること」を書くのか、言葉と想像的《イマジネール》なものの不思議な力によって「知らないこと」を書くものなのか？　二一世紀において、それはどうだろう？

私が『宙返り』の最後に書いたのは、じつは私の「知らないこと」です。しかも、老年にいたろうとしている私が――そしてエッセイにおいて知らないことを書くのは犯罪にひとしい、と知っている私が――唯一望みをかけることとして、それを小説に書いたのです。

次の四半世紀に、この国に「新しい人」が現われなければならない、と私は書きました。それでいて私は、当の「新しい人」について、具体的に確かなことを知っているのではありません。ただ、「古い人」——私もそのなかに入ります——によってはこの国の窮境を乗り切ることができないだろう、と考えているのです。私はかつてこれほど切実に、自分の小説への、若い人たちからの反響を待ち受けたことはないと感じます。

私があまり大きい反響を期待することはできなくとも、文化システムの民主主義とは、また別のスタイルで仕事を続けてきた者として、認めねばなりません。それでも私は、自分のスタイルが、少数者によっては確実に受けとめられることを信じています。

あなたの小説の新しい翻訳のための、さきに私に問いかけた若者たちを含む、真面目な読者たちへの媒介者ともなりうることをねがいつつ、敬愛をこめて。

一九九九年六月二十五日

大江健三郎

親愛なる大江健三郎へ

対話を続けることができ、たいへんうれしく思います。

私の書いた「われわれはなぜコソヴォにいるのか」について、あなたが優秀な若者たちと語り合ったとき、私も同席したかったと残念で仕方がありません（それに、あなたが親しみを感じ、日本の未来を予見させる存在とみなしている若者たちでしょうから、当然、女性がまじっていたはずだと言わせてください。というのも、英訳では「わが国の若者たち」が「ヤング・ジャパニーズ・メン」となっていたものですから）。

もちろん、あなたはあの論稿を「誤読」なさっていません。苦悩と多くの疑いを抱きながらも、たしかに私は北大西洋条約機構（ＮＡＴＯ）によるセルビア爆撃を支持しました。かつてユーゴスラヴィアだった地を、スロボダン・ミロシェヴィッチが破壊し続けるのをくい止めるには、軍事介入しかないと考えたからです。ミロシェヴィッチが一九九一年に戦争を始めたそのとき、もし軍事介入が行なわれていたら、多くの、じつに数多くの生命が失われずにすんだことでしょう。あの地域全体の物理的、経済的、文化的な破壊も阻止できたでしょう。

九一年、セルビア人たちは、ダルマチア海沿岸の美しい古都ドブロブニクを砲撃しました。そこはかつてユーゴスラヴィアの一部だったのですが、いまは新たな独立国クロアチア領になっています。しかし、当時は何の手も打たれませんでした。ヨーロッパの主要諸国はバルカン地域に広がる惨状に背を向け、事態の悪化とともにまもなく、四五年以来初めての、ヨーロッパの地における死の収容所がいくつか出現しました。そして恐怖は続きました。

そうです。あまりにも多くの残虐行為を承認してきた、バルカンの戦争実行者、独裁者の動きを封じ、できれば倒す試みをするという、あの遅すぎた決定を私は支持しました。NATOが戦争をいかに遂行したか。自分たちの側の軍隊をリスクにさらさないで死傷者や損害を制限し、地上の民間の損害を最大限引き起こす、そのやり方は当時もいまも私は支持していません。また今回のNATOの作戦(「成功」とはほど遠いものでした)が、ヨーロッパ諸国の軍事予算拡大を望む連中を刺激し、その目論見を促進させる確率が大きいことも、嘆かわしいと感じています。

ここで私自身の立場をできる限り明らかにしようと思います。なかには正義の戦争だとみなしうる戦争も、きわめて少数ではあれ、たしかにあります。戦争という手段をとらなければ、武力による侵略をやめさせる道がないという場合に限って。

しかし、それでも、戦争は犯罪です。いままで三度にわたり間近に戦争を見てきました——六八年と七二年にヴェトナムで、七三年にイスラエルとシリアで、そして九三年から九五年にかけてボスニアで。繰り返し申します、戦争は犯罪です。でも対立は存在するのです。不正も存在します。殺戮は行なわれています。自分たち以外の共同体のメンバーのほとんど、または全員を殺害すべく、人々は動員されてしまうのです。そこで、人は何をなすべきでしょう?

もちろん、人間があくなく続けてきた行為である戦争の撤廃は、文明の生んだ崇高な、もっとも崇高な大望です。戦争を嫌悪する心は、文明化された人間の証《あかし》です。でも、大望や嫌悪の心があるからといって、人間が喜んですべての戦争を捨て去る段階に現実に到達したというわけではありません。

こう申し上げているからといって、「理想主義」のまぎれもない魅力にあらがって「現実主義」の薄汚れた主張を弁護しているわけではありません。その点、お願いですから信じてください。私は善意に満ちた美辞麗句にはしる誘惑を振り切って、叡智の声を弁護しているのです。人間の現実についてあまりにも一般化された認識を排して、もっと具体的な認識を弁護しているのです。

ここで再び、若者たちとあなたとの会話について考えています。理想主義的な主張に呼応しやすい若者たちの素晴らしい感受性を奨励するにしても、それならば同時に、人間の本性に関する、他の言葉に置き換えることのできない認識を指標として、さまざまな原理的なことを検証する必要があることを、彼らに教示してゆかなければならないと思うのですが、いかがでしょう。

『ヒロシマ・ノート』で、こうお書きになっています。「原爆をある人間たちの都市に投下する、という決心を他の都市の人間たちがおこなう、ということは、まさに異常だ」。

異論を唱えてもよろしいでしょうか。そこには悪意があるのです。残念ながら、異常なのではなく！

今世紀の経験、とりわけ二つのいわゆる世界大戦の経験がじつに恐ろしいものだったために、多くの良心の人たちは正義の社会の鍵を握るのは戦争に反対することだという結論を引き出しました。でも残念ながら、ことはそれほど単純ではありません。

ドイツの緑の党のリーダーの一人で、現在は同国の外相であるヨシュカ・フィッシャーは、ミロシェヴィッチに対するＮＡＴＯの軍事行動に、ドイツが限定つきの参加をすることを擁護しました。ヨーロッパ諸国のなかでも、ＮＡＴ

Oの行動への反対意見はドイツ国内において一番強かったのですが。私は彼のとった立場に感銘を受けました。

良心の声を正直に告白する政治家。その意味でフィッシャーは稀有な存在です。だからこそ、彼の内省を私たちは真摯に受けとめるべきだと思うのです。つまるところ彼はこう語りました。

ナチズムが敗退してこのかた、われわれ「善良なドイツ国民」は二重のスローガンのもとに政治的な思考を組み立ててきた。これ以上戦争は起こさない。これ以上アウシュヴィッツは起こさない。しかしいま、苦痛とともに自覚せざるをえない。戦争それじたいがアウシュヴィッツ、つまりジェノサイド〔大虐殺〕を引き起こすのではないということを。場合によってはアウシュヴィッツを阻止（あるいは抑止、または停止）するには、たった一つしか方策がない――それは戦争だ――ということを。

NATOがセルビア上空で軍事行動を展開していた期間、たまたま私は南イタリアの都市バリに長期滞在していました。アドリア海を隔ててアルバニアに面している街です。そのバリでも数回の反戦デモで、同じスローガンの看板を目にしました。「戦争をやめよ。ジェノサイドをやめよ」。抗議していた善意の人々は、これらの二つのアピールは、合わせれば同じ主張になると考えていたに相違ありません。しかし、そうはならないのです。私は、こう考えざるをえませんでした。誰が戦争を起こしているのか、誰がジェノサイドに手を染めているのか。戦争停止によって、セルビア側によるジェノサイドがまんまと続けられるだけの結果になってしまったら……。

かりにNATOが戦争を否定していたとしたら、それはコソヴォの人々にとって、どういう事態を意味していたでしょう――助けは来ない、ということです。ボスニアの人々がセルビアとクロアチアの侵略者の攻撃にさらされていた――殺され、爆撃されていた――三年のあいだ、結局NATOが彼らに伝えたメッセージは、助けないということだったのです。

何事かをしない、つまり無為。それもまた行為なのです。

もう一つ、アジアの例証です。クメール・ルージュが行なった恐怖のジェノサイドを終わらせたのは、ヴェトナムによるカンボジア侵攻でした。バルカン地域におけるＮＡＴＯの行動（アメリカが言いだし、先頭に立ち、また大部分を実行した行動ですが）とは異なり、ヴェトナムはカンボジア侵攻の口実として「人道上の」理由はもち出しませんでした。それはたぶんに、ヴェトナムの拡張主義によるいつもどおりの出来事だったのでしょう。とはいえ、一つの結果として数百万の人々の絶滅が唐突に終わりました。もしヴェトナムがカンボジアに侵攻していなかったら、あれ以上どれほどのカンボジア人が殺されることになったでしょう。

私たちは果たして正直に――人間として、と言ってもかまいません――ヴェトナムのカンボジア侵攻はなかったほうが良かった、と言えるでしょうか。

もしかしたら日本の方々は、第二次世界大戦において他国民に与えた苦しみと、みずからがこうむった大きな受難のゆえに、戦争参加ということに特別の困難をおぼえるのかもしれません。もちろん、その気持ちは痛いほどわかります。コソヴォを前にしたドイツと同じ立場に日本は置かれることになるのですから。

しかし、あなたはそれとはきわめて異なることを、ご自身の国について示唆されているように思われます。つまり、日本においてファシズムは避けられないのではないのか、と。正確には、「私はこの国に柔らかなファシズムの網がかけられる時……」という記述がありますが。

日本の重要な作家が、自国の具体的現実について見解を述べられたのに、外国人の私が異論を唱えるのは僭越な行為とのそしりを免れないでしょう。でも、現実を理解するために私たちが用いる方法について、と限定したうえで言わせてください。私は多くのエッセイ――『反解釈』に始まり『隠喩としての病い』や『エイズとその隠喩』にいたるまで――で、現実を隠喩として語るほとんどの実例に対して、もっと懐疑的になるべきだと訴えてきました。ファシズムは現在、隠喩になったと思います。私はこの言葉を隠喩として、あるいは厳密さを欠いたかたちでは使いたくありません。ミロシェヴィッチが率いるセルビア政府は、今日の世界で見る限りもっともファシスト政府に近いものです。しかし、たんに排外主義的、順応主義的、また、ある面では抑圧的ですらある社会を、それだけでファシスト的だとは呼べない、というのが私の見解です。

親愛なる大江健三郎。文学の責務は良心と道義的な覚醒に向けて、不正に対する憤りと被害者に寄せる共感に裏打ちされた敏感さの拡張に向けて、目覚ましのベルを鳴らす工夫をすることです。そういう文学の責務を、私たちは二人とも引き受けています。

あなたの多くの著述に明らかなように、広島と長崎への原爆投下で亡くなった方々や被爆者の方々の、さまざまな経験の意味のすべてに対して、あなたは刮目《かつもく》すべき注意深さを示してこられました。そのことで、あなたは責務を果たしてきたのです。私たちがともに尊い伝統とみなしている「異論を唱えること」は、「良心への呼び覚まし」と表現したほうがよいかもしれません。あなたも私も、反対する人への確固たる共感を抱いています。ブレイクの言葉には、私も震えるものをおぼえますが、反対することがすなわち良いことだ、とはならない。これにはもちろん賛成していただけるでしょう。

異論は、善意や情熱からくる意図を基準にするのみでなく、真実という基準に照らして判断しなければなりません。モデルとしてあげられた歴史家E・P・トムソンは、じつに頼もしい反核運動の推進者でした。しかし、同じトムソンが一九五〇年代にはソ連の擁護者でした。それもまた、反対する立場でしたが、その時代の彼は間違っていました。

ここで、ナショナリズムをめぐってもう少し述べさせてください。

ナショナリズムの心情に私はつねに強烈な嫌悪を感じてきました。あなたもそうではないかと察します。でも、自分の好き嫌いや、作家としての――また、あえて言えば、精神的探究者としての――特権をもとにして一般化すべきではありません。多くの人々と同じく私も、自分なりに直観的に思い描いた文化や真剣さの、「普遍的な」共和国につながりをもちたいと、希求してきました。子供から大人になろうという時期、私の心と頭をはぐくみ、模範となったのは、ヨーロッパの偉大な作家たちでした。それはたとえば、ヘミングウェイではありませんでした。彼は昔もいまも、私にとっては何の意味ももたらしません。

これまでの生涯に一貫する文学の好みを見れば、私がいまだかつて自分の国に全面的な一体感をもちえないできたことは明らかです。誇張ではありません。

ユーゴスラヴィアの偉大な作家ダニーロ・キシュにも、同じことが言えるのではないでしょうか。彼が最大の影響を受けた作家はホルヘ・ルイス・ボルヘスとブルーノ・シュルツだったとのこと。彼の文学の系譜の先行者とは、「母国」の文学とは何のつながりもない、アルゼンチン人とポーランド人でした。

このように、作家として私たちはつねに、独自の意識のインターネットをもっていたのです。それも基準があり、ろ過機構をもったインターネット。私たちの「想像の共同体」――ベネディクト・アンダーソンという学者の用語を拝借しました――は文学、真剣さの共同体であり、そこには境界線はありません(すべての成員が顔をあわせて触れあうことのできる共同体以外、つまりそれ以上大きいものはすべて「想像の」共同体だ、とアンダーソンは言います)。とすると、世界をまたにかけて啓発、精神的滋養、思考や感情のモデルを探し求めるとは、いかに巨大な特権でしょう。

しかし、私たちが享受する特権をもたないほとんどの人々は、自分の愛や忠誠心を受けとめてくれる対象として、もっと見えやすい、たとえばネーション（民族、国）といった想像の共同体を求めることになるでしょう。民族的な共同体に向かう感情は正常な人間的心情であり、それは経済的な危機の時期には声高になりがちです。いま現在、日本で、ナショナリズムの激しい感情の再台頭が見られることは、私には驚きではありません。現在の経済不況、その結果の伝統的な社会的契約関係（終身雇用の保証など）の混乱の重圧は、身にこたえるほど厳しいはずです。

日の丸を国旗として、「君が代」を国歌として法制化しようという国会での試みがまんまと成功したら、悲しいかな日本が再び偏狭な道へ進む予感をおぼえずにはいられません。言うまでもなくそれは、衰弱している現在の日本の政治にとって、現実的な知的破産を意味しています。私としては、法制化がうまくいかないことを望んでいます。とはいえ、古いナショナリズムの道具立てをもち出して情念をかきたてる、哀れなほど貧弱な動きがあるというだけでは、私のなかでは、いまの日本がファシズムや軍国主義に転じようとしているという確信につながりません。

あなたはおっしゃっています。次の四半世紀に日本に「新しい人」が現われなければならない。自分もそのなかに入るとおっしゃる「古い人」によっては日本の窮境を乗り切ることができないだろうからと。「新しい人」の出現をめぐる数々の予言（チェ・ゲバラの予言がまず思い浮かびますが、この二世紀のあいだに「新しい人」を提唱した人は相当な数になります）はみな、「新」は「旧」の改良だという前提に立っています。敬意をこめて伺います、そんなに確信してかまわないのでしょうか。

動植物の種の絶滅という事態がありますが、価値観や洞察、精神が成就したものもそうならないとは限りません。「新しい男」も「新しい女」も、いまの私たちが大切にしている多くの喜びや疑いを忘れてしまっただけの話かもしれません。世界の繁栄する側の若い人々が文化のディズニーランド化や、機械が提供する刺激にあらゆる経験を従属させることを疑いもなく受け入れ、新しく抗しがたい喜びを感じる。そういう事態にならないと断言できるでしょうか。

「魂のこと」をする場所を作りたい、ともおっしゃっています。これは特上の詩やフィクションに培われた想像の場所にとどまらず、文字どおり物理的な、つまり社会化する場所のことをおっしゃっていると受け取ったのですが、間違っていますか。

私は、あなたが次のような示唆をしていると受け取ったのです。残された唯一の希望は、何人かの人々（たぶん、若い人々）が小さな共同体やコミューン——それも、想像ですが、遠い地方の——に引きこもる、そこではインターネットを通じて国境外の世界と交信できる、という筋書きにしかない、と。しかしこれまでにも、自分たちこそ正しいと反論の動機を主張し、社会全体の不純で堕落した価値観を拒絶して精神的な使命に殉じるように追随者に呼びかけ、みずから孤立してゆく集団を、反面教師として十分に見てきたと思うのです。その一つが、日本のオウム真理教でした。ですから、そうした企図に対しては、大きな懐疑をもって見てゆくべきではないでしょうか。

誰しも、何らかの引きこもる場所が必要です。まわりを取り囲むひどい文化とのありとあらゆる妥協で蓄積した、毒のある重荷を軽くすることのできる、何らかの地面。でも私が想像する引きこもる場所、「魂のこと」に滋養を与える場所は、実際の場所である必要はまったくないのです。その場所はまた、さまざまな社会に、可能な限り充全に、再び関与するのに適した場所であるべきです（社会を複数で表現したのは、誰でも一つよりずっと多くの社会に生きているからです）。

モダーニティの厳しい風が、多くのものを吹き飛ばしています。でも消滅しないもの、それはエクスタシー（至上の高揚感）です。私たちが身体をもって生き、目、耳、舌、鼻、指、皮膚をもっているからに他なりません。喜びは消えません、子供が生まれ続ける限り、依然として「自然」に近似した何ものかがある限り、文学、美術、音楽、舞踊がある限り。痛み、病、死も消えないし、人間の悪意も消えないとしても。

この四月、ヘミングウェイ生誕百年に際して、あなたがボストンでなさった基調講演で、彼の小説『老人と海』をたたえてこうおっしゃったと聞いています。「今日の作家たちのほとんどすべてが、こうして宇宙空間の底に赤裸で横たわり、星空を見上げる経験を重ねてもいます」。

あらゆる人間がこの経験を共有している、とあえて言いたいと思います。それは慰めにもなり、また恐怖でもある（パスカルが証言しているように）——人間以外のことどもの無限の大きさと無頓着さ（これをパスカルは沈黙と呼びました）に気づく経験。

その講演であなたは、こう疑問を打ち明けたと引用されています。小説家は「知っていること」を書くのか、言葉と想像的なもの《イマジネール》の不思議な力によって「知らないこと」を書くものなのか？　告白すれば、私には二つの区別が理解できません。書くことは、何かを知ることであり、またその何かを可知のものにすることです。文学は知識です——たとえ、もっとも偉大な文学でさえ不完全な知識にすぎないとしても。すべての知識がそうであるように……。

知らないことの価値の主張についても、若者に特別の美点を見出すことについても、私はひとしく疑いを抱いています。いまの堕落した文化のあらゆるものは、現実を単純化するよう、叡智を嫌悪するよう、私たちを手招きしています。私は作家に、その一人として自分自身にも、ものごとについての複雑な見方を明晰に言葉で述べることを期待しています。もっと大きな共感をもつよう、鎮魂の姿勢を整えるよう、そして、エクスタシーをたたえるよう、駆り立ててくれることを。

親愛なる大江健三郎、再度、対話の機会をいただいて感謝いたします。あなたの仕事、あなたの世界での喜びをお祈りしつつ心をこめて。

一九九九年七月十一日

スーザン・ソンタグ

■本稿は「未来に向けて――往復書簡」と題し、一九九九年に朝日新聞に掲載された（「敬愛するスーザン・ソンタグ」六月十五日夕刊、「親愛なる大江健三郎へ」六月十六―十七日夕刊、「親愛なるスーザン・ソンタグへ」七月十三日夕刊、「親愛なる大江健三郎へ」七月十四―十五日夕刊）。なお、本書への転載にあたってソンタグの訳稿には若干の修正を加えた。

戦争と写真——アムネスティ講演

War and Photography—The Amnesty Lecture

苦しみの図像には長い系譜がある。表現するに値すると判断された苦しみというものはおおむね、神なり人なりの憤怒の結果とされる受難だ（病気や出産などの自然原因による苦しみは、美術史上では稀にしか見られない）。ラーオコオーン〔女神アテナがつかわした二匹の蛇に巻き殺された、トロイアのアポロの神官〕と息子のもだえる姿を表現した彫刻群、キリストの受難を描いた無数の絵画や彫刻、キリスト教聖人たちの残酷な殉教場面の膨大な数の図像カタログ——これらは明らかに、感動と励起を意図している。だが図像というものは、そこに描かれた恐怖の場面に対し、まずは「抗議」をする——そういう性質のものではない。

凄惨な苦悩を悲嘆すべき対象、できればやめさせるべき対象として表現する行為が図像の歴史に登場したのは、かなり最近のことであり、その場合に描かれたのは、暴挙を繰り広げる勝利軍に痛めつけられる一般市民〔非戦闘員〕の苦しみである。

こうした試みは、まだ図像が手作りだった時代に始まり、なかでももっとも知られた作者はジャック・カロ［一五九二—一六三五。フランスの版画家］とフランシスコ・ゴヤ［一七四六—一八二八］である。写真機が発明された一八三九年以降は、戦争に起因する苦しみは、広く出回る代表的な表現主題となった。

一枚の写真は引用、あるいは教訓、あるいは格言のようだ。つまり、覚えやすい。誰でもみな、それぞれ、すぐに脳裏によみがえる何百枚という写真を心にためている。スペイン内戦［一九三六—三九］のさなかに撮られたもっとも有名な写真を思い出してみよう。ロバート・キャパの写真機が撮った［shot］、銃弾を撃ち込まれた［shot］直後の共和国軍兵士の写真。この戦争について聞いたことのあるほとんど誰もが、粒子の粗い白黒写真に留められた、握っていたライフルが落ちかける瞬間、右腕を後方にとられて、斜面にいまにもくずれ折れようとする死の瞬間の彼の姿を思い出すにちがいない。

写真は出来事の存在証明となる。出来事に重要性を与え、記憶に留める。物語をとおして何事かを理解することはできるが、記憶は写真をとおして留められる。こう書いているのはデイヴィッド・リーフで、一九九二年から九六年にかけてボスニアで続いたセルビア勢による暴虐と破壊を撮った、ロン・ハヴィヴ［アメリカのフォト・ジャーナリスト。バルカンを十年間にわたり取材した写真集で知られる］の写真についての言葉である。

写真に撮られた最初の大きな戦争であるクリミア戦争［一八五三―五六］やアメリカ南北戦争［一八六一―六五］、さらに第一次世界大戦当時は、戦闘の代償についての一般市民の認識のなかでは、写真は小さな役割しか果たしていなかった。たとえば、一九一四年から一八年にかけてのヨーロッパでの戦争の惨状について私たちが知っていることは、当時、前線で撮影され公にされた写真よりも、ジャーナリストの証言や従軍画家たちによる絵のたぐいに負うところのほうがずっと大きい。公表された写真のなかに、人々が体験した恐怖や破壊を伝えるものがあったとしても、ほとんどは物語風あるいはパノラマ風で、また大半は事後の光景を撮ったものだ――死体が散乱する、あるいは荒涼とした塹壕戦の跡、または、戦争が駆け抜けたあとの疲弊したフランスの村。

前線における戦争「取材」が定石として行なわれるようになったのはスペイン内戦で、画像をただちに公表する意図で写真機をもち、広い範囲の取材撮影が行なわれたのは、この戦争が最初である。この戦争の場合は、イギリスとフランスの日刊紙や週刊誌がこれを行なった。そこで、新種の写真が撮影されるようになった。［一九一八年から一九三六年へかけての］その間の二十年に機材が機動性を増し、戦闘のまっただなかでも写真が撮れるようになり、一般市民の犠牲者や、疲労しぼろぼろになった兵士の姿を間近で見ることもできるようになった。その後、ヴェトナム戦争［一九五四―七五］や一九九〇年代のバルカン戦争をはじめとするあらゆる戦争に関わったフォト・ジャーナリストたちの仕事の基準となったのが、スペイン内戦の写真である。

マシュー・ブレイディー、アレクサンダー・ガードナー、ティモシー・オサリヴァン［ガードナーとオサリヴァンはブレイディーのスタッフ写真家。チームで南北戦争に従軍、初めて兵士の死体写真を公表。ブレイディーはリンカーンの肖像を撮影して彼の知遇を得、従軍撮影の許可を受ける」といった面々は、アメリカ南北戦争の戦場に横たわる兵士たちの死体の広角写真を撮るとき、それが戦争に関する意見表明になるなどと意識する必要はなかった。だが、それ以上の思いが、マーガレット・バーク＝ホワイト［一九〇四―一九七一。アメリカの写真家。女性初の従軍カメラマン］など、第二次世界大戦に関わった偉大な写真家たちの心中にはあったのではないだろうか。ところが近年は、戦争や他の人為的な破壊の報道に従事するきわめて野心的な写真家たちは、目撃者、告発者として自分を考えている。ドン・マッカリン［一九三五年イギリス生まれ。ヴェトナム、カンボジア、イラクなどの地域で戦争と貧困の実態を取材］。セバスティアン・サルガード［一九四四年ブラジル生まれ。報道写真家集団「マグナム」の正会員］。ジル・ペレス［一九四六年フランス生まれ。北アイルランドやボスニアなどの写真で知られる］。最近『インフェルノ』という作品集が出版されたジェイムズ・ナクトウェイ［一九四八年ニューヨーク生まれ。世界各地の紛争地帯で写真を撮る］は、反戦という立場の戦争写真家として紹介されている。

フォト・ジャーナリズムに携わる人のなかには、自分のやっていることを

「社会参加する写真《コンサーンド》」とか「良心の写真」と呼ぶ人たちもいるが、これが戦争に対する抗議のおもな担い手となった。ことさら反戦のメッセージがこめられていない場合でも、写真そのものは「マス・イメージ」――最大限可能な流通を目指す複製可能な画像――であるため、写真機がとらえた画像のインパクトこそが、私たちの戦争への認識を左右する主要因となっている。

写真映像は欠かせないものとなった。「ニューズ」［新しいものごと］を追う人々の意識内に、何らかの危機の事態が住みつくには、始終テレビやビデオから流されてくる写真的な説明の裏打ちがなければならない。「現実」の事態を体験しないで、それを「ニューズ」として追い、消費している人にとっては、撮影されないことは「現実」とはならない。

植民地独立後のアフリカの驚愕すべき光景、このもっとも無視されてきたものを例にとってみよう。その地で起こっている惨事について私たちが知って――感じて――いることは、ほとんどの場合、頭のなかにある恐るべきイメージによって強弱も枠組みも規定されている。ビアフラ飢饉［一九六七年のナイジェリアの内戦を契機に起こった飢餓」のあいだに撮られた数々の写真に始まり、一九九〇年代半ばのルワンダのツチ族大虐殺の写真の記録、そしてもっと最近の、シエラ・レオーネの反政府勢力「ＲＵＦ」による一連のテロの犠牲となり、苛まれた大人や子供の写真。アンゴラでの紛争の残虐行為や生命の喪失はどうか。十分な写真による証拠がないため（他の証拠は何種類もあるにもかかわらず）、意識の本流にはほとんど入り込んでいない。

★

写真は、写っているものの意味を作りだし、確証づける。だから人はこぞって、重要なものや大切なものを撮影する。

しばしば、写真のほうが現物より「良く」見えたり、感じられたりする。たしかに、ふだん受けとめているより、ものごとの在りようをよく見せるのは、写真の機能の一つだ（だからこそ、気に入らない写真だと、つまり、実際の自分よりも魅力的に映っていないと、必ずがっかりする）。写真は、ものごとを「最良の」姿で見せる方法である。新居を建てて得意満面の人は、現に新居を見に来た客を案内したあと、またぞろ写真アルバムを見せるし、乳母車の赤ん坊をほめそやす人に「まあ、写真を見てちょうだいよ！」と呼びかける母親も少なからずいる。

美しく見せることは写真の主要な目的の一つだ。とすれば、ひるがえって教訓的な目的のためには、醜く見せることもありうる。何かを最悪の姿で見せる。美化は道義的反応を反故にしてしまうが、見るに耐えないものを見せれば、能動的な判断を呼び覚ます。衝撃は写真の要かもしれない。告発する写真は、衝撃をはらむものでなければならない。

年間四万五千人が喫煙が原因で死んでいると推計したカナダの公衆衛生当局は、タバコの箱に印刷されている警告に写真をつけ加える決定をした――がんにおかされた肺、梗塞を起こした脳、障害を起こした心臓、急性歯周病で血だらけの口内。喫煙の有害な影響の警告に加えて、こんな写真がついているタバコの箱が出回れば、言葉だけの警告に比べて禁煙効果は「六十倍」にもなる、と公衆衛生当局は計算した（どんな方法で？）という。

これが本当だと仮定しよう。それでも、効果はどのくらい長続きするのか。いまは、写真をまじまじ見てしまえば、カナダの愛煙家たちも気味悪がって腰が引ける。だがいまから五年後も、まだ同じ写真がタバコの箱に載っていたとして、躊躇するだろうか。

★

写真は、現在という感覚を構築する。また写真は、過去の感覚を構成――改訂――する。

一つの例。一八九〇年代から一九三〇年代にかけ、アメリカ合衆国の小さな町々でリンチの犠牲となった黒人たちの写真を集めたものがある。その展覧会が二〇〇〇年、ニューヨークで開かれ、これを見た何万という人々は、衝撃的な、目から鱗が落ちるような経験をした。リンチの写真は人間の邪悪さを見せつける。また非人間性を。具体的には、人種主義がいかに悪を野放しにしてきたか、そのすさまじさを物語る。この悪行をおかす内在的動機には、その行為を写真に撮るという欲望が含まれていた。「記念」写真が撮影され、かなりの数の写真には、にやついている見物人も写っている。ほとんどが、決まり事として教会に通う善良な市民で、そういう人々が〔木に吊された〕黒こげの、切り刻まれ、痛めつけられた死体の足下で、カメラに向かってポーズしている。

いまではこれらの恐るべき写真が展示され、私たちも見物人となった。

これらを展示した意図は何だったのだろう。憤りを呼び覚ますことか。私たちに「やましい」思いをさせることか。つまり、仰天させ、悲嘆させることか。これらの恐ろしい行為は、罰を受けるには遠すぎる過去のことだが、このような写真を見ることが本当に「必要」なのだろうか。

アメリカの奴隷制とその後の経緯の歴史家として著名なレオン・リトワックは、これらの写真を収録した『Beyond Sanctuary（聖域を超えて）』という本に寄せたエッセイで、次のように書いている。

> この身の毛のよだつような写真展を行なう必要性については、覗き見的な欲望を満足させるだけだとか、犠牲者としての黒人というイメージの固

定化につながるとか、議論が起こるだろう。自分の身に取り込むのは容易ならざる歴史である。各頁に描き出されていることを、理性を超えるほど非道な、野蛮なことだと決めつけるだけなら、ずっと簡単だろう。これらの写真は、見たものをすぐに信じてしまう私たちの傾向を増長させ、さらに、恐怖に埋没した脳裏を麻痺させもする。しかし、正常な男女がこのような残虐行為と並行して生活し、それに参加し、それを弁護することが、なぜ可能だったのか。それを理解しようとするなら、写真を検証しなければならない。しかも、それらを再解釈することで、これらの男女は文明人以下の存在だという決めつけ方で、(当人たちや他者がこの難問を切り抜けるのを)見すごしてはならない。これは、狂気にかられた人々や野放しの野蛮人による暴挙ではない。人間性をめぐって、ある人間のグループを別の人間のグループより劣っているとする信念の体系がまんまとまかり通った例なのである。

リトワックの見解は、これらの写真を検証する義務がある、というものだ。哀悼ではなく（してもしきれない）、理解する義務がある、と。

それでも、これらの恐怖を現実に自分の身に取り込む（それについて考えるだけではなく）私たちの能力については、依然として疑問が残る。これらの写真への反応のすべてが、理性や良心の範囲内で制御されているとは言えないだろう。切り刻まれ、苛まれた死体の写像は、性的欲望をかきたてかねないという疑いは、いつだってある。同じような考え方を敷衍して、ロイ・ポーター［イギリスの社会史研究者。医学、精神医学の歴史を専門とする］らは、何世紀にもわたって描かれてきた、初期キリスト教の聖人たちの陰惨な処刑場面の絵画について、次のような推論を立ててた。あれほど多くの画家たちが、肉体の苦痛にあそこまで深く没頭したことには、何か便乗的な（それを喰いものにする）、あるいは扇情的な面があったはずだ、と。

★

ゴヤの《戦争の惨禍》に描かれた残酷さは、見るものを覚醒させ、衝撃を与え、動揺させる意図をはらんだもので、描かれたものについての生き生きとしたコメント——キャプションと言えよう——も立場が鮮明だ。だが写真のキャプションとなると、私たちは、中立めかした情報だけでいいと考えがちだ。日付、場所、名前。日常の言語でも、ゴヤの作品のような手仕事の画像と、写真との区別ははっきりとつけられている。画家はドローイングや絵を「make（作る）」といい、写真家は写真を「take（撮る）」という慣用表現を使い分けるように。この区別も、ある線までしか意味をもたない。たしかに、手仕事の画像は見るからに構成されたもの——つまり、画家の心と手をフィルターとした報告——である。画家自身が見た、あるいは見なかったかもしれないことについての報告。他方、写真像は、その現場を見た人がいることを〃いやおうなく意味する〃。写真そのものが、現実の事態の光跡だからである。だが、跡とはいえ、写真像は実際に起こったことを透明に、いっさいの陰りなく伝えるものとはなりえない。それは必ず、誰か別の人が選んだ視像である。写真を撮ることは枠をはめることであり、枠をはめることは、何かを除外することだ。長いあいだ、写真の画像が機械によって生成されるという事実が曖昧にしてきたことが多々ある。ドローイングや絵が画家によって「作られる」のと同じように、写真も写真機を扱う人物によって「作られる」のだ、という点をめぐって。

さらに、そこに見えるものごとを写真が誤って伝えることもありうる。その可能性がつねにあった――最初から、ディジタル操作の時代のはるか以前から。誰々の作品とされていたドローイングや絵画が、実際は別の人が作ったものだと判明すると、それは贋作と断定される。写真の場合は、何々の光景だとされていたものが虚偽だと判明すると、ニセモノと断定される。

フランスによるスペイン侵略時に、ゴヤが描いた兵士たちによる残虐な行為のようなことがまったく起こっていなかったら、私たちも、その画像はニセモノだと考える。たしかに、実際の出来事は、描かれたのとそっくりそのまま同じだったわけではない。描かれたのと同じ外見の人物がいたわけでもなければ、あのとおりの背景が現地にあったわけでもない。でもその点で作品の信憑性は損なわれない。この画像は報告なのである。「このようなことが起こった」と伝えているのだ。

かたや写真は、正確に見せる――表象をはたす――というのが主張だ。私たちが見るもの――いや、私たちが見ていると思っているもの――は、実際には過去に存在したもの、兵士にしても、過去に撃たれた場面なのだ。写真は、しかと目撃したという主張だ。いわく、「これは真実だ」（その記録であり、痕跡だ）、したがって証拠品の資格がある、と。というわけで、何らかの操作が加えられた疑いが生じると、その写真は信憑性も資格も失う。ロバート・キャパの《共和国軍兵士の死》については偽造写真、あるいはヤラセ写真だ、という執拗な疑惑があるが、戦争写真をめぐる議論でもいまだにこの疑念が払拭されていない。

ゴヤの画像は証拠品とは目されないし、手で制作したものはどれもそうだ。もちろん、そこに描かれた残虐行為を行なったのはあの兵隊たち、スペインに侵攻したナポレオンの兵隊たちだったが、画像からはもっと普遍的な告発も伝わってくる。すべての戦争と、悪を行なう人間の能力の恐ろしさの告発。だが、どちらのほうが罪深いかを判定する特定の紛争の証拠品となった写真も、いずれは、人間の残虐さ、人間のどう猛さの証として、普遍的告発をはらむものとなっていく。

★

甚大な苦しみのさなかにある地帯の写真を見ただけで、苦痛と人間の残酷さの存在を知るだけでなく、何かが「わかった」ような幻想をもつことがある。何が起こったかがわかった、犠牲者や殺害者のことが、また、何が正しく何が間違っているのかがわかった気分。

ヴェトナム戦争と言えば出てくるもっとも有名な視像について考えてみたい。ナパーム弾を浴びた裸の子供。腕はあたりをさまよい、苦痛に悲鳴をあげ、こちらに向かって道を走ってくる。ニック・ウトが撮ったこの写真には、この戦争への激しい憎悪が結晶化している。あるいは、ユージン・スミスが撮影した、日本の水俣でチッソが製造した有毒物による被害者の写真。そして、ボスニアでの戦争でもっとも忘れがたい視像の一つを、私は思い出す。その写真について、有力紙『ニューヨーク・タイムズ』の在外特派員ジョン・キフナーはこう書いている。

このイメージは強烈で、バルカン戦争の写真のなかでももっとも長く残る一枚だ。セルビアの民兵が、瀕死のムスリムの女性の頭を平然と蹴りつけている。知るべきことのすべてが、この一枚から伝わってくる。

だがもちろん、ここから知るべきことのすべてが伝わってくるわけではない。撮影したのがロン・ハヴィヴなので、これが一九九二年四月に、ベイエリンという町で写したものだということはわかっている。ボスニア全土にセルビア勢が猛攻を仕掛けた最初の月にあたる。軍服姿の、格好が良くて若々しいセルビア兵（彼を民兵とみなす証左は何もない）の背後から撮った写真だ。頭の上にサングラスを引っかけ、上にあげた左手の中指と人差し指のあいだにタバコを挟み、右手に握ったライフルを下向きに構え、右脚をもちあげて、二つの体に挟まれて歩道に横たわっている女性を、まさに足蹴にしようという瞬間だ。

女性が死にそうなのか、もう死んでいるのかは、写真ではわからない。むろん、ムスリムだなどということもわからないが、そういうレッテルを貼られかねないとは言える。

知るべきことのすべてが写真でわかるなど、とんでもない話で、わかるのはほんのわずかなことだ。セルビア人が攻撃側で、ボスニア人が被害側だと知っているから、その知識を画像に重ね合わせているのだ。だが、言いようによっては、その写真から伝わってくるすべて、いわば写真が「知っている」全容は、戦争は地獄だということ、そして、格好の良い優しそうな青年でも、歩道にうつ伏せで横たわっている年上の太った女性の頭を蹴りつけることがある、ということである。

★

広く普及している二通りの見方がある。フローベール的な意味での通念《イデー・ルシュ》で、写真の影響についての見方だ。私が写真についてものを書き始めたのは三十年近くも前だが、その後も写真についてのエッセイで、自分自身もこの見方をとってきたことを思うと、いま、これらに反駁する抗しがたい誘惑をおぼえる。

まず一つの見解は、公衆が注目する対象は、「メディア」が何に注目するかによって、つまりまぎれもなく映像によって方向づけされるというもの。何点かの写真があれば、戦争が「リアル」になる。したがって、ヴェトナム戦争への抗議は、ニック・ウトなどの写真によってかきたてられた。ボスニアでの戦争に対し何かをしなければならないという気持ちは、ジャーナリストたちの注目するところを基盤としてもり上がった。それはときに「CNN効果」と呼ばれ、包囲されたサラエヴォの映像が、三年近く続いた包囲のあいだ、毎夜、何千万という家庭の居間に送り込まれた。

もう一つの見解は、いま述べたことと逆のように思えるかもしれない。どの災忌や危機に注目すべきか、何を憂慮すべきか、はては紛争をどう評価すべきか。これらをめぐる決定を誘導する写真の影響についての見解で、次のような見方である。映像の超飽和状態をきたしている世界では、私たちにとって大切な映像の効果は減少する。私たちの側が、そうした映像に食傷してしまう。最後には、そうした映像に無感覚になり、感受性も反応も必要なレヴェル以下に衰退してしまう。

写真に関する前述の私の六点のエッセイのうち一番早く書かれたものから、以下に引用する。これは一九七二年のものだ。これらのエッセイを収録したものが、一九七七年に出版した『写真論』〔近藤耕人訳、晶文社、一九七九年〕である。

イメージは立ちすくませる。イメージは麻痺させる。写真を通じて知っている事態は、写真をまったく見ていなかった場合より、たしかにもっとリアルになる。ヴェトナム戦争について考えてみればわかる（逆の例としては、私たちがまったくその写真をもっていない収容所列島〔旧ソ連時代、シベリアにあった政治犯などの収容所〕について考えてほしい）。だがまた、繰り返し映像にさらされると、事態のリアルさが薄れもする。

写真に関してと同じことが悪についても言える。写真に撮られた残虐さも、何度も見ていると薄れてくる。世界中の悲惨さや不正の膨大な写真の数々は、あらゆる人に残虐さというものへの慣れを植えつけ、恐ろしいことでもより普通のことのように見るようにさせた。もう知っていること、かけ離れた事態（「たんなる写真だから」）、不可避の事態、として。ナチスの収容所を撮影した初めのころの写真を見た当時、人々はその映像にいっさい色あせたものを感じなかった。だが三十年たって、飽和点に達したとも言える。ここ何十年間でも、「社会派《コンサーンド》」写真の仕事のおかげで良心の奮起が促されたが、一方、良心の鈍化も少なくとも同程度に引き起こされた［木幡訳。前掲書、二十八頁］。

いや、違うのだ。

道義的喚起に写真がいかに役に立たないか、そこから派生したもう一つの議論がある――『写真論』では展開していないが。つまり、これらの写真を見る者と見た映像との関係に、その種の写真がある意味でポルノグラフィー的だという事実ゆえに、曖昧さが生まれるということだ。高速道路でひどい衝突事故があると、いわゆる見学渋滞が起こるが、これはたんに好奇心のなせるわざではない。何か陰惨なことを見たいという願望がある。このような現場に惹かれる気持ちに偽りはなく、深く、しばしば精神的葛藤を生みもする。まさしく、痛めつけられた死体に惹きつけられる気持ちに（私の知る限り）最初にふれている記述は、精神的葛藤についてのものだった。それは『国家』に出てくる驚くべき一節で、プラトンが具体的な状況を取り上げている。人が「欲望」ゆえに、強引に「理性」に反する方向へ導かれる状況だ。その後、理性ゆえに人は自己を叱責し、みずからの本性の一部に憤りを感じる。

これは、理性、怒りあるいは憤り、そして欲求または欲望からなる精神機能の三位一体論を構築する部分でプラトンが述べたことだ。この理論は、フロイトの超自我、自我、イドという構造を予見させるものだ（が、違いは、プラトンが理性を頂点に、そして憤りに代表される良心を真ん中に置いている点である）。この論議の過程でプラトンは、ソクラテスがグラウコンに語っている体裁で次の話をさせ、人が反発をおぼえながら惹きつけられる事柄に対し、自分だったら、不承不承ではあっても屈服してしまうだろうと、明らかにしている。以下に、その個所を引用する。

いつかぼくはある話を聞いたことがあって、それを信じているのだよ。それによると、アグライオンの子レオンティオスがペイライエウスから、北の城壁の外側に沿ってやって来る途中、処刑吏のそばに屍体が横たわっているのに気づき、見たいという欲望にとらえられると同時に、他方では嫌悪の気持ちがはたらいて、身をひるがえそうとした。そしてしばらくは、そうやって心の中で闘いながら顔をおおっていたが、ついに欲望に打ち負かされて、目をかっと見開き、屍体のところへ駆け寄ってこう叫んだというのだ。「さあお前たち、呪われたやつらめ、この美しい観物を堪能するまで味わうがよい！」〔『国家（上）』藤沢令夫訳、岩波文庫、一九八五年、三百十八頁〕。

（コンフォードは「素敵な観物」とし、ジョウェットは「美しい観物」と訳している)。不穏当な性的欲望とか、また何らかの戒めるべき肉体的欲求といった、もっと歴然とした例を避けてはいるが、プラトンは、われわれには剥奪、苦悩、人身破壊を見たいという欲望——反発はおぼえるが、純正な——もまたあることを、当然のこととしている。

たしかに、苦しみや残虐性をとらえた視像の効果について論じる際には、この蔑《さげす》まれる衝動の底にあるものを、考慮しなければならない。

★

『写真論』で、私はこう書いた。

世界のより豊かな地域——写真の大部分が撮影され、消費されている諸地域——の保護された中産階級の住人たちは、世界の恐ろしさについて、たいていは写真機を通じて知る。写真は嘆きを感じさせることができる。だが、写真にはものごとを美化する傾向があるため、この写真という悲嘆を伝える媒体は、悲嘆を中和したところで終わる。写真機は経験をミニチュア化し、歴史を見せ物《スペクタクル》に変容させる。写真は共感を生みもするが、共感を断ち、感情を遠ざけもする。(長い目でみれば)道義的にも、また(長い目でみても、即効性の面からも)感覚的にも、刺激性のある(迷籐麻酔薬のような)効果を、写真のリアリズムは発揮する。つまり、リアルということについて混乱を生むのである[木幡訳。前掲書、百十六頁]。

これは真理だろうか。一九七〇年代の初めにこれを書いたときは、もちろんそう思った。だがいまは、それほど確信はない。一つには、この文章を書いて以降、さかんに写真撮影が行なわれる戦争のさなかで、ジャーナリストの面々とともに過ごす時間がかなりあった(サラエヴォが包囲されていた三年間、何度かそこに出入りして住んでいた影響で、あらためて気づいたことがあった)。いまは、こう自問している。写真の衝撃はますます薄れてゆく、現在の見せ物文化は現実の恐ろしさを伝える写真の道義的な影響を中和させている、私たちは無感動の文化を作りだしているにすぎない——とはいえ、そう断言しうる証拠は何か。

映画、テレビ、ビデオ・ゲームといった大衆文化で受け入れられている映像は、たしかに、暴力やサディズムのレヴェルが激化している。四十年前なら耐えがたく直視できなかったはずの画像を、豊かな国々の十代の人々がたじろぎもせずに見ている。たしかに、ほとんどの近代的な文化に属する多くの人にとって、暴力はショックというより娯楽だ。だが、だからといって、「現実」という目印をつけた映像を見た場合でも、その人たちは同じように白けている、と決めつけることはできない。

★

ここで、いくつかのいくぶん一般的なテーゼを述べたい。

生活や社会が「近代的」だとされるのは、何をもってだろう。まず第一に言えるのは、「情報」による飽和状態である。現代生活の中心的領域は情報だ。そして、近代性《モダーニティ》の批判は本質的に、ますます加速する情報の生産(つまり過剰生産)の結果、容赦なく人間性が剥奪され、疎外がつのる、と説く。これは、抽象的、統計的、または攻撃的、そして無意味に過剰刺激のあるもの、あらゆる情報について言われていることだ。

近代的生活は恐怖の供給で成り立っていて、人はその餌に徐々に馴らされてゆくという議論は、百五十年をゆうに超える近代批判に負けないくらい古くから続いている（ほぼ写真機と同じ歴史だ）。ボードレールは一八六〇年代に日記に次のように書いている。

どの日、月、年であれ、どの新聞でも、紙面にざっと目をとおしていくと、一行ごとに、人間の邪悪さのまさに恐るべき痕跡が必ず目に入る。（……）あらゆる新聞は、最初から最後の行まで、恐怖の連続だ。戦争、犯罪、窃盗、色欲、拷問、王侯貴族や国や一般の人の悪行。世界中の非道の饗宴だ。文明人はこの忌まわしい食欲促進剤をもって、朝の食事を流し込む［木幡訳］。

当時の新聞には写真は載っていなかったが、朝刊を手にして座り、次から次へと世界の恐怖という朝食をとり、それからその日の金儲けのために商売の神殿へ出かけてゆくブルジョアを非難するボードレールの記述は、現代人が朝刊に加えてテレビという朝食をとっていることへの批判と、何ら変わりない。現代の私たちの流儀がそれだ——見せつけられる世界の恐怖を摂取し、ますますそれに慣らされてゆく。

残虐な映像をめぐる議論には二大常套句とも言うべきものがある。ほとんど効果なしというものと、それらを流すことには本来的に厭世的《シニカル》で堕落を助長するものがあるというもの。

マイケル・イグナティエフ〔イギリスの作家、ジャーナリスト〕は書いている。「テレビのせいで、戦争写真は夜ごと眺める陳腐な代物となった。残虐映像の洪水だ」。この「残虐な映像の夜ごとの猛攻」は、「審美的な視像を道義的な洞察へと昇華させる、人間の鋭敏な能力」を鈍らせる危険をはらんでいる。

ここで、本当のところ何が必要とされているのかは、わかりにくい。殺戮の映像の配給を、たとえば週一度にすれば、衝撃力は低下しないということか。もっと全般的に、私も『写真論』で提唱した「映像の生態学」を目指そうということか。

『写真論』の私自身にも、また右の告発をするマイケル・イグナティエフにもあてはまる批判を言えば、このような告発はかなり荒削りな、言葉上だけのことに思える。映像の生態学など出現しない。私たちにより大きな恐怖を植えつけるために、恐怖の配給を司る監視人委員会など登場しない。そして恐怖じたい、減少することはない。

★

私が『写真論』で提出した見解を、最近マイケル・イグナティエフが再び取り上げたわけだが、それはこういう告発だ。現実に対して、いや、感情的な新鮮さをもって、また倫理的に適切なかたちで、現実に反応する私たちの能力は、おびただしい量の卑俗でとんでもない映像によってむしばまれている、と。だが、これはこのままでは、そうした映像の遍在についての批判としてはまだ甘い。

この批判がなぜ甘いかと言えば、「現実」というものがある、それに反応する能力が私たちにはある、ということを鵜呑みにしているからだ。この前提をもっと徹底的に検証すれば、死守すべき現実などあるのか、という疑問にたどり着く。近代の巨大な喧噪は現実を噛み砕き、雑多なもののいっさいを映像として吐き出す。きわめて有力な近代の分析にしたがえば、この社会は「見せ物社会《スペクタクル》」だと言われる。ものごとは見せ物化して初めて現実となる——つまり、私たちの関心を惹く。人そのものが映像化する——有名人のことだ。あるのは媒体だけ。そして表象。現実はすたれた。

これは、聞こえの良い言い方だし、多くの人を納得させる。というのも、近代の特徴の一つとして、実際の経験よりも先をいっているつもりになりたいという傾向が、人にはあるからだ。

この見解は、とくに故ギー・ドゥボール［一九五〇年代から活躍したレトリスト、状況主義の映像アーティスト］とジャン・ボードリヤールの著述と関連しているものだが、彼ら以外の書き手とも関連する。どうもフランスの得意分野のようだ。

一九九三年、夏のある日の正午、サラエヴォで、アンドレ・グリュックスマンの記者会見に出席した。彼はその朝、フランスの軍用機でパリから飛んできて、包囲されていたサラエヴォを支援する立場を宣言することになっていた。集まった地元の若々しい報道陣と何人かの好奇心あふれる外国人ジャーナリスト、そしてその後ろについていた私——総勢二十名ほどで、そうした催しに使われていた電話会社の土嚢が積み上げられた部屋にぎゅうぎゅう詰めだった——を前に、これは最初の全面的に「メディアティーク」な戦争だ、と彼は語った。つまり、彼は困惑した出席者たちに言った。この戦争の勝敗はサラエヴォやボスニアのどこかで起こっていることで決まるのではなく、外国メディアが何をするかで決まると。いまやまさに、戦争は本質的にメディア・イヴェントになったのだ、と。サラエヴォで生活していた者にとっては、戦争が全面的に「メディアティーク」な事態だとは考えられなかった。アンドレ・グリュックスマンに他意はなかっただろうが、彼とて自分の言葉をそっくり信じてはいなかったようだ。その日のうちに同じ軍用機でパリへたってしまったのだから。彼でさえ、「メディアティーク」と片づけられないものを、砲弾や銃弾から感じとったのだろう。現実は死んだ、などと言われるが——作家の死とか小説の死といった表現と同じように——そこには、かなりの誇張があるようだ。

真理はむしろ正反対で、映像はけっしてそれほど強力ではなかったのかもしれない。ビアフラ飢饉を受けて創設された「国境なき医師団」の発足以来、人道的機関（ＮＧＯ）が増加したが、それはエリート層の世論と一般公衆の世論の転換とぴったり歩調を合わせていた。この転換は、痛みなくしては見られない写真をおもな道具とする人心掌握の動きの成果だ。恐ろしい写真が広く出回り、それによって何らかの事態が問題にされると、政府でさえ、少なくともかたちばかりの反応ぐらいは示さざるをえない。そしてたまに、写真の衝撃が動因となってか、政治的有力者が公の立場を変更することもありうる。たとえば、カリフォルニア州選出のダイアン・ファインスタイン上院議員は、複数のセルビア兵に集団暴行を受け、トゥズラ郊外の森のなかで首を吊って自死したスレブレニツァからの難民の写真を見たあと、一九九五年、自分はＮＡＴＯの行動提案に対する投票を変更した、と語っている。

だからといって、この種の写真を撮影することへの疑念が、事態の両極に位置する人々の脳裏から払拭されるわけではない。戦争に近寄ったこともない否定派の脳裏からも、撮影される悲惨な状況にさらされている人の脳裏からも。

このような映像を作りだすことは、卑しい、あるいは低俗な欲求を満足させる行為だ、つまり、それは商業的な残忍な仕業だ、という思いは否めない。サラエヴォでは包囲されていたあいだ、フォト・ジャーナリストを罵倒する声を耳にするのは珍しいことではなかった。彼らは首に機材をぶら下げていたから、すぐ正体が知れ、「砲弾が発射されれば死体の写真が撮れると、待ちかまえているんだろう！」と怒鳴られていた。とはいえ、撮影者も、爆撃や狙撃兵のライフルが火を噴くさなか、被写体として目をつけた市民と変わらず、殺される危険をおかしていた。それに、これは私も証言できることだが、ジャーナリストたちは中立ではなかった。まさに、ほぼみんなが熱烈な親ボスニア派だった。そこに留まって報道し続けた外国人ジャーナリストの声が、サラエヴォの存続にどれだけ貢献していたか、市民自身が知っていた。それでも外国人ジャーナリスト、とりわけ戦争写真家たちは、あざけられ、軽蔑されていた。普通のサラエヴォ市民は彼らを「死の天使」と呼んだ。たしかに、写真家たちはその種の写真をひそかに待ちかまえていたのかもしれない。

爆撃が頂点に達した一九九四年、包囲作戦を取材したなかでも最良のジャーナリストの一人、BBCのアラン・リトルが書いた記事がある。悲惨にも榴散弾《りゅうさんだん》で負傷した幼い子供の記事で、それが全世界の日刊紙の一面に載った。「リトル・イルマ」という被害者の愛称入りのカラー写真つきだった。ときのイギリス首相ジョン・メイジャーは余儀なく英軍用機をサラエヴォに派遣して、致命的な脳損傷を受けた子供を空輸したが、少女はここ、イギリスの病院で亡くなった。

★

近代の市民、出来事の消費者にして見物人は、「誠実なこと」について冷淡《シニカル》であれと教育されている。おかげで、目撃責任を果たそうとする人々の営為を

「惨状観光」と揶揄することが、「社会派《コンサーンド》」写真をめぐる論議でも決まり事のように繰り返し再燃してくる。心を動かされないよう、自分に歯止めをかけるのに躍起になる人がいるとみえる。何の危険もおかさないで優越感をおぼえる。いかにも安易なやり方である。

だがたしかに、注視すべき事柄があまりにも多いし、気分が滅入るような映像に背を向けたくなるのも理解できる。

一九九三年四月（包囲開始の一年後）、私が初めてサラエヴォにたどり着いてまもなく出会った女性が語ってくれた。「一九九一年には、穏やかなここサラエヴォの素敵なアパートで座ったまま、ボスニア・テレビの放送を見ていました。ほんの百か二百マイル離れただけのクロアチアで、セルビア勢が何をしているか。夕方のニュースでヴコヴァルの破壊の映像を見たのを覚えています。『なんてひどい』と思いながら、チャンネルを変えました。フランス、イタリア、ドイツの人が、夕方のニュースでサラエヴォで起こっている市民の虐殺を目にし、『なんてひどい』と言いながらチャンネルを切り替えたとしても、私にはショックではありません。それが普通、それが人間というものです」。

テレビやコンピュータの前に座って、世界中で起きている災難の映像や短い報道にスイッチを合わせることができる。私たちは、新聞を朝餉としたブルジョアの先をいっている。新しい技術のおかげで、ノンストップの餌づけが可能になった。見る時間さえあれば、それだけ多くの災難や残虐の映像が流し込まれてくる。

実際のところ、私たちは何でもかんでも反応するよう誘引されてはいるが、そうするようがんじがらめに縛られているわけではない。遠く離れた人々の苦しみがじかに及ばない限り、おおかたの人が目を背けたいと思うのは普通のことだ。

だが思うに、映像過多だから、実際に反応する対象が減少しているというのは、本当ではない（いつの時点に比べて減少しているのか。最適反応度の基本線はいつの時代のことを言うのか）。私たちはたぶん、より多くのものに反応している。

良心の喚起はそれじたいが目的だとは一般にはみなされていない。それは序曲、必要な序曲であり、そこから一連の行為が始まる、ととらえられている。映像には、ただ困惑を感じ、憤激するだけでなく、何らかの行動をいざなう訴求力があるようだ。映像は語りかける――これを止めさせよ、介入せよ、行動をとれ、と。そして、大切なことだが、これこそが正しい反応の仕方だろう。というのも、映像はこれらの状況は人為的なものだと言っているのだから。そして、避けられないことではない、と。ここで言及しているような映像は、キリストの受難の図像とは違って、思索の対象に留まっていてはならないのだ。

もちろん、地獄を見せつけたからといって、その地獄から人々を脱出させる、地獄の炎を鎮めるすべについて、何かを教えることにはならない。それでも提案したい。私たちが他者と共有している世界にどれほどの苦しみがあるのか、それを感じる心を認知し、拡張することは、それじたい良いことだ、と。さらに、言っておきたい。堕落が居座っているとひたすら驚くだけで、手をこまねいている人。人間というものが、自分以外の人間たちに対して、どれほど陰惨で直接的な残酷な行為をしでかしてしまうものか、その証左を突きつけられても、幻滅するばかり（疑心暗鬼に陥ることさえある）で、その先のない人。こういう人たちは、道義的または心理的に大人になっていない。

ある年齢を過ぎたら、この種の無邪気さ、浅薄さ、ここまでの無知、好都合なだけの健忘症をかこって許される人は、誰もいない。

いまでは膨大な映像の蓄積があるおかげで、この種の道義的な欠陥をそのままにしておくことはますます難しくなっている。残忍な映像が頭を離れない、それでもいいではないか。たんなるアリバイで、そこにある現実の大部分をそっくり伝えるのは無理だとしても、それでもなお映像は重要な機能を果たす。これらの事態をわれわれの記憶に留めよ、と映像は語っている。

それでも私たちは全面的には変わらない、また、見た映像を無視し、頁をめくり、チャンネルを変えることができる。だが、この事実も、映像の攻撃の倫理的な価値を損なうものではない（苦痛を禁じえない映像を見ても、見る側の苦悩は十分でないかもしれない。だからといって、不十分さは欠陥ではない）。

映像に取り上げられ、切り取られた歴史。その歴史や苦しみの原因について見る側が無知でも、写真がその無知を修復してくれるわけではない。だが、これもまた欠陥ではない。映像という形態で何かを見る。それを契機として、観察、学習、傾注が始まる。写真が私たちに代わって道義的、知的な仕事をするわけにはいかない。だが、私たちが私たちの道を歩き始める契機にはなるのだ。

■著者付記――「戦争と写真」は二〇〇一年二月二十二日、オックスフォード大学のシェルドニアン劇場で行なわれた講演の記録を、本書のために整理したものである。同大学のアムネスティ連続講演は、アムネスティ・インターナショナルの資金調達のために毎年行なわれているもので、講演者への謝礼のたぐいはなく、参加費も全額、この貴重な組織へ寄付される。
シリーズに共通するテーマは人権で、二〇〇一年は二月いっぱいをかけ、「Human Rights, Human Wrongs（人の正しさ、人の過ち）」をテーマに八回の講演が行なわれた。

エルサレム賞スピーチ

Jerusalem Prize Speech

私たち作家は、言葉に心をくだく。言葉は意味をもち、言葉は指し示す。言葉は矢である。現実をおおう肌理の粗い皮膜に矢が突き刺さる。ものものしく、おおざっぱであればあるほど、言葉は部屋またはトンネルに似てくる。拡張もすれば、陥没もする。悪臭が充満し始めることもある。部屋としての言葉は、むしろ他の部屋を想起させることがよくある――あちらに住みたいと思う部屋、あるいは、すでに自分が住んでいる部屋を。住みこなす術《すべ》、あるいはその知恵を失わせる空間もあるようだ。そして、住みつくべき術を私たちがもはや見失ってしまった重たい精神的志向は、いずれ廃棄され、囲い込まれ、封印される。

たとえば「平和」という言葉で、私たちは何を言わんとしているのだろう。不和がないということか。事を忘れたということか。許すということか。あるいは、甚大な徒労感、疲労、または怨嗟の空洞化のことか。

おおかたの人々が「平和」という言葉で言わんとしていることは、勝利ではないかと思える。自分たちの側にとっての勝利。だが、ある人々にとっての勝利が「平和」であるなら、その平和は、他の人々にとっては敗北を意味する。

原則として平和は望ましいものだが、もし平和維持のために、正当な主張を放棄しなければならないとしたら、しかもそれを放棄することが受け入れがたいことだったとしたら、次にとる道は何だろう。もっともありうるのは、総力戦にいたらない程度の手段で戦争に打って出ることだろう。だが、そうなれば、平和への希求は欺瞞的なものと映るか、さもなくば、さほど切迫した希求としては感受されない。平和は住まい方がもはやわからなくなった空間となる。もう一度、あえて平和に居を定める、つまり平和を植民地化することになってくる。

★

さて、「名誉」という言葉で私たちは何を言おうとしているのか。

個人の行動を厳密に吟味する基準としての名誉は、はるか昔のものになってしまったようだ。ところが、名誉を授ける慣習——自分たち自身あるいは相互に誉めあうこと――はひるまず続いている。

名誉を授けることは、共通に信奉していると思われる基準を肯定することである。名誉を受け入れることは、束の間でも、自分はそれに値すると信じることだ（謙遜を重んじるならば、それに値しなくはないと信じる、と言うべきだろう）。名誉を授けると言われて辞退するのは、不粋、天の邪鬼、尊大な態度ともなろう。

賞賛すべき人士を選んできた経緯から、賞というものは、名誉を、また名誉を授ける器量を積み重ねてゆく。

この基準に照らして、「エルサレム賞」という論争を呼んでいる名称をもつ賞について考えてみよう。比較的歴史は浅いが、この賞は二〇世紀後半の最良の作家の何人かに授けられてきた。どんな明白な基準からしても、文学賞の名にふさわしいこの賞は、しかし、「エルサレム文学賞」ではなく、「社会における個人の自由のためのエルサレム賞」と呼ばれている。

この賞を受けたすべての作家が、社会における個人の自由を擁護してきたのだろうか。彼ら——私自身が受賞した今では「私たち」と言うべきなのだが——に共通しているのは、そのことなのだろうか。

そうとは思えない。

受賞者たちは広範囲の政治的立場を代表しているが、それだけではない。なかには、この賞にとって重要な言葉である自由、個人、社会……といったものにほとんど触れてこなかった人たちもいる。

だが肝心なのは、その作家が何を語るかではなく、その作家が何者なのか、である。

作家たち――文学という共同体の成員たちを指す――は、個々人の洞察力の持続性（また、個々人の洞察力の必要性）を体現している。

「インディヴィジュアル」という言葉を、私は名詞（個人）としてより、形容詞（個々の、個人の）として使いたい。

いまの時代の、「個」をもち上げる、とどまるところを知らないプロパガンダは、私にはきわめて疑わしいものに思える。というのも、「個人性、個性」という言葉じたいがますます利己性や自分本位の同義語となってきているからだ。資本主義社会は、「個人性、個性」、また「自由」――これらは、自己を際限なく誇大化する権利とか、ものを買い、入手し、使い果たし、消費し、陳腐化する自由とほとんど変わらぬ意味しかない――を賞賛することに既得権をもつようになってきている。

自己培養に何らかの固有の価値があるとは、私は信じない。そして、利他主義、他者への顧慮という基準をもたない文化（この用語は規範的に使っている）は存在しないと考えている。私は、人間の生命・生活のありうる姿を見すえる感覚を伸ばすことこそ、固有の価値であると信じている。文学は、まず読者として、次いで作者として、その企図に私を巻き込んだわけだが、それは他の自己存在たちへの、他の領域への、他のもろもろの夢への、他の言葉たちへの、また他の関心分野への、私が抱く共感の延長線上において起こったことだった。

★

作家、文学の作り手としての私は、語り手であるとともに、黙考する者でもある。思念が私を動かす。だが、小説は思念ではなく、形態によって作られる。言語の形態。表現の形態。形態を獲得する以前に、私の頭のなかに物語はない（ウラディミール・ナヴォコフが「ものそのものよりも先に、もののパターンが存在する」と言うように）。そして――暗在的に、あるいは黙示的に――小説とは、文学とは何か、また何でありうるか、についての作者の感覚をもとにして作られる。

あらゆる作家の作品、あらゆる文学的な作業は、文学それじたいに関する記述であるか、あるいは、そのようなものに帰結する。文学の擁護は、作家の主要なテーマの一つとなってきた。だが、オスカー・ワイルドが見たとおり、「芸術における真実は、これまた真実である矛盾を抱え込んだ真実である」。ワイルドの言葉をあえて換言すれば、文学における真実は、これまた真実である対立物を抱え込んだ真実である。

したがって文学は――たんに説明的にだけではなく、規定的に言うと――自己意識、疑義、躊躇、執拗な検証である。それはまた――ここでも、説明と同時に規定を言うと――歌、自然発生性、祝祭、至福である。

文学をめぐる観念は――たとえば、愛をめぐる観念とは違って――ほとんどの場合、他の人々の観念への応答としてしか立ち上がってこない。反応的な観念なのだ。

たとえば、私がこれこれのことを言うのは、人――あるいはほとんどの人――があれこれのことを言っている、という印象がもとにあってのことだ。

そのような語り方をすることによって、私はより広範囲の熱意、あるいは異なる実践を取り込む余地を作りたい。思念は許諾を与える、そして私は、自分と異なる感情や実践に許諾を与えたい。

相手がああ言うなら、私はこう言う。それは、作家というものが、ときに職能としての反対者であるから、というだけの理由ではない。制度としての性格をおびるあらゆる実践につきものの不均衡や一面性を是正しよう、というだけの理由でもない。しかも文学もまた、制度である。理由は、文学が、本来的に矛盾するもろもろの希求に根ざす実践だからだ。

私の見解を述べれば、文学についてのいかなる記述も、単一では真理ではない――つまり、それらは還元的であり、たんに論争のための論議となっている。ひるがえって、真実をこめて文学について語ろうとすれば、必然的に逆説的に語るしかない。

ことの次第はこうだ。重要な文学作品、文学の名に値する作品のひとつひとつは、単数性、個の声という理想の化身となる。ところが集積としての文学は、複数性、多様性、混在という理想の化身となる。

考えられる限りの文学の概念――社会参画としての文学、個人の精神的充実の追求としての文学、国民文学、世界文学――はすべて、精神的な自己満足、虚栄、あるいは自己満悦の一形態である、あるいは、そうなる可能性をはらんでいる。

文学は体系、多元的な体系である。基準、志、忠誠心の体系。文学の倫理的な機能には、多様性の価値という教訓も含まれる。

もちろん、文学の活動はしかるべき境界内にとどまらざるをえない（すべての人間活動がそうであるように。境界のない唯一の活動は、死という状態だろう)。問題は、ほとんどの人々が引こうとする境界線というものが、文学が創意を振り絞り、自己喚起力をかきたてて、文学としてありうべき存在になろうとする自由を圧殺してしまうことだ。

私たちは、統一化という欲望にかられた文化のなかに生きており、世界の膨大な、輝かしい言語の複合体のなかのひとつ、私が語り、書く英語という言語が、いまでは支配的な言語となった。世界的規模で、また世界中の国の圧倒的多数の人々にとって、英語は、かつて中世ヨーロッパでラテン語が果たしたのと似た役割を果たしている。

だが、ますます世界を覆い、民族の境界を超えてゆく文化に住んでいながら、私たちは、現実の部族《トライブ》、ないしは新興の部族が唱える、ますます断片化する権利主張に溺れそうになってもいる。古い人間主義の理想——文芸共和国、世界文学といった理想——は、各地で攻撃されている。人によっては、それらの理想は単純で素朴すぎるし、また、大ヨーロッパの普遍的価値という理想——ヨーロッパ中心主義の理想と言う人もいる――という出自が汚点となっている、と考えている。

「自由」や「権利」の概念は、近年、著しく退化してきた。多くの共同体では、個人の権利よりも集団の権利のほうが重視されている。

そういう観点から、文学の作り手たちが行なっていることについて考えてみよう。自由な表現、そして個人の権利、それらの信憑性を強化することは、暗在的にではあるが、可能なのではないか。たとえ文学の作り手が、自分が属する部族や共同体に奉仕する作品を捧げた場合でも、そうした奉仕の目的を止揚すれば、作家としての功績を果たすこともありうる。

★

一人の作家の価値や素晴らしさを決める特性はすべて、その人の個としての声のなかに突き止めることができる。

だが、この単数性は私的な生活において培われ、また孤独な、長い省察の修行期間を経て初めて獲得できるものであり、それはまた、作家が使命を感じて社会的役割を果たそうとしたとき、絶えず試練にさらされる。

公共的な問題の討論に参加したり、考えの近い他者と共通の目標を設定し、連帯を図る。作家には当然その権利があると思う。

また、そうした活動によって、作家は文学の創造の場である孤塁、特異な内なる場所から遠ざかってしまう、と主張するつもりもない。生きている身にまつわる他のほとんどすべての活動も、その意味では、同じような作用をする。

だが、公共の討論や行動への参加は、良心や関心の命ずるところに突き動かされ、みずからの意志で行なうことであり、それは、要請されたからといって、意見を捏造すること――道学者気取りの、メディア向けの識者のコメントのたぐい――とは、一線を画する。

「いや、私自身はそこには行っていません、それはやっていません。けれども、これは賛成、あれは反対」。

けだし、作家はこういう意見表明機《オピニオン・マシーン》になってはならない。アメリカのある黒人の詩人の話だが、自分と同じアフリカ系アメリカ人たちに、人種主義の屈辱

について の詩をなぜ書かないのかと責められて、「作家はジュークボックスじゃない」と答えたという。

★

作家の第一の責務は、意見をもつことではなく、真実を語ること……、そして嘘や誤った情報の共犯者になるのを拒絶することだ。文学は、単純化された声に対抗する、ニュアンスと矛盾の住み処である。作家の職務は、精神を荒廃させる人やものごとを人々が容易に信じてしまう、その傾向を阻止すること、盲信を起こさせないことだ。作家の職務は、多くの異なる主張、地域、経験が詰め込まれた世界を、ありのままに見る目を育てることだ。

さまざまな現実を描写すること、それも作家の仕事だ。汚れた現実、歓喜の現実。文学（文学の功績という多元的なもの）が供する叡智の精髄は、何が起きていようと、つねに、それ以外にも起きていることがある、という認識を助けることだ。

この「他にも何か」ということが、私の頭を離れない。

自分が大切にしている諸権利やさまざまな価値の相克に、私はとりつかれている。たとえば、ときとして、真実を語っても正義の増大にはつながらない、ということ。ときとして、正義の増大が真実の相当部分を押さえ込む結果になるかもしれない、ということ。

二〇世紀のもっとも注目すべき作家たちの多くは、公共の声としての活動において、正義の目的だと自分なりに信じていたこと（多くの場合は、本当に正義の目的であった）を助長するつもりが、実際は真実を抑圧する共犯者の役回りに陥ってしまった。

私自身の見解は、もし真実と正義のどちらかを選ぶとしたら――もちろん、片方だけを選ぶのは本意ではないが――真実を選ぶ。

★

言うまでもなく、義憤にかられた行動というものを私は信じている。だが、行動する人、それは作家だろうか。

三種の異なる事柄がある。いま私が行なっている話すこと。そして書くこと、そのおかげで、この稀有な賞を受ける何らかの権利が私にも生じている。そして存在すること、それによって私は、他者との能動的な連帯を信じる人間としてである。

かつてロラン・バルトが看取したように、「……話す人は書く人ではなく、書く人は存在する人ではない」。

もちろん私は意見、政治的意見をもっており、その一部は実体験ではなく、ものを読んだり議論したり、また思考したりしたことが基盤になっている。私の意見、そのうちの二つをここで述べたい。直接的な知識を有する問題について私がこれまでとってきた公然とした立場からすれば、じつに予想のつきやすい意見だ。

集団的懲罰の根拠としての集団責任という原則は、軍事的にも倫理的にも、けっして正当化しえない、と私は信じている。何を指しているかと言えば、一般市民への均衡を欠いた火力兵器攻撃、彼らの家の解体、彼らの果樹園や農地の破壊、彼らの生活手段と雇用、就学、医療、近隣市街・居住区との自由な往来の権利の剥奪である……。こうしたことが、敵対的な軍事行動に対する罰として行なわれている。なかには、敵対的軍事行動の現場とは隔たった地域の一般市民に対して、こうしたことが行なわれているケースもある。

私は以下のことも信じている。自治区でのイスラエル人の居住地区建設が停止され、次いで――なるべく早期に――すでに作られた居住区の撤去と、それらを防衛すべく集中配備されている軍隊の撤退が行なわれるまで、この地には平和は実現しない、と。

これら二つの意見は、この会場にいる多くの人々の意見でもあろうと確信している。アメリカの古い言い回しだが、聖歌隊に説教を聞かせているようなもの［日本流には、釈迦に説法］だと、心得ている。

ところで、これらの意見は、作家としてのものだろうか。あるいは、私は作家という立場を利用して、同意見の人々の声を増大させるために、良心をもつ一個人としての自分の声を重ね、補強しようとしているのではないのか。作家が及ぼしうる影響は、付随的なものにすぎない。いまやそんなものは、有名人偏重文化の一要素にすぎない。

みずからは十分な直接的な知識をもっていない事柄について、意見を公に広めることには、何か卑しさを感じる。自分の知らないこと、あるいは拙速な知識しかもたないことに関して語ることは、コメント屋への堕落だ。

この講演の冒頭に立ち戻れば、私はいま、名誉の問題としてこのことを語っている。文学の名誉。個としての声をもつという企図。真摯な作家、文学の作り手なら、マスメディアの覇権的な言説とは一風変わった流儀で自己を表現すれば、それで事足りる、とたかを括ってはならない。ニュース番組やトークショーのダラダラとした仲間うちのおしゃべりに、反対しなければならない。

意見というものの困った点は、私たちはそれに固着しがちだ、ということである。だが、作家が作家として生き生きとしている限り、作家はつねに見ている、しかも、より多くのことを。

何事であれ、そこにはつねに、それ以上のことがある。どんな出来事でも、他にも出来事がある。

文学という、(私たちの知る範囲だけでも)約二千五百年にわたって行なわれてきたこの壮大な事業それじたいが、私自身はそう思うのだが、もし叡智を具現しているのだとしたら、それこそ、文学の重要性の根拠である。そのために文学じたいは、私たちの個人としての運命と共同体としての運命の、複数の本質を指し示さなければならない。私たちがもっとも大切にしているもろもろの価値には、矛盾も、ときには緩和しえない対立もありうる(「悲劇」とは、まさにこのことを指す)、ということを想起させること。文学は「これもまた」とか「他にも」といった別の存在に気づかせる仕事だ。実際、つねに、また別のことが起こっているからだ。

文学の叡智は、意見をもつこととは正反対の位置にある。「何に関しても、最終的な言葉など、私にはない」とヘンリー・ジェイムズは言っている。要請されれば必ず意見を披瀝する。そんなことを続けていると、たとえその意見が正しくとも、小説家や詩人がもっとも得意とすること、すなわち省察力の深化と複合性の探究を軽薄なものにしてしまう。

情報はけっして啓発を凌駕しない。だが、情報にまさりはするが情報に似て非なるもの、つまり、情報をもっている状態、つまり、具体的な、特定の、詳細な、歴史的に濃密な、直接体験によって得た知識は、作家が公に意見を述べるからには不可欠な前提だ。

他の人々、有名人や政治家が偉そうに話しているのは、話させておけばよい。嘘八百だ。彼らにかわって、もし作家が、同時に公の声として語った場合、何かましなことがあるだろうか。それは、意見や判断を組み立てることが、みずからの至難の責務であることを、作家たちならば肝に銘じている点だろう。

意見にまつわるもう一つの問題。意見には自己固定化の作用がある点だ。作家がすべきことは、人を自由に放つこと、揺さぶることだ。共感と新しい関心事へと向かって道を開くことだ。もしかしたら、そう、もしかしたらでかまわない、いまとは違うもの、より良いものになれるかもしれないと、希望をもたせること。人は変われる、と気づかせることだ。

ニューマン枢機卿がいみじくも語っている。「高いところの世界ではそうではないが、この下界では、生きることは変化することであり、ここで言う完璧とは、相次ぐ変化の経過である」。

私は「完璧」という言葉にどんな意味を託しているか。説明抜きで言うだけにするが、完璧は私の笑いを誘う。つけ加えれば、シニカルな笑いではない、喜びの笑いである。

★

エルサレム賞を受け、感謝している。文学という事業に献身するすべての人々への栄誉として、これを受ける。イスラエルとパレスチナで、個としての声と、複数の真実からなる文学を創造すべく格闘している、すべての作家と読者への敬意とともに、これを受ける。平和の名において、また、傷つき、恐怖に満ちた共同体の和解の名において、この賞を受ける。必然としての平和。必然としての譲歩と新たなる調整。類型の必然としての減衰。対話の必然としての持続。国際ブックフェアの後援によるこの国際的な賞を、何よりも国際的な文芸の共和国に敬意を表する契機として受ける。

■本稿は二〇〇一年五月九日、エルサレムで開催された「エルサレム賞」授賞式における講演の記録である。

「混濁した声」と、本書の著述をソンタグ自身は性格づけている。これという現実に向かって、ときには立場や矜持、理性を鞄に詰めて背負い、体を、または魂を、知性を運んで、ともかくそこへ馳せ参じる。本書の第一部では二〇〇一年九月十一日のアメリカ同時多発テロを取り巻く事態に馳せ参じる姿を、第二部では大転換のさなかにある世界を前にして黙考する姿を見ることができる。

第二部収録の「エルサレム賞スピーチ」でソンタグは、作家としての資質をはぐくむ「修行」について語り、また作家は「黙考する者」であると言っている。

それを軸としながらなお、現実へ馳せ参じるダイナミズムが、彼女の特性であり、魅力だ。本書の序や「戦争と写真」にしても、みずから定義する「作家」としての自分のありようを、一刻一刻、点検しながら、書き、また考えている。その意味でも、ひんぱんになされる、いわゆる職業作家（たんに本を出す人）への執拗な批判はもっともだ。

「戦争と写真」をあえてここで明示したのは、かつて一世を風靡した『写真論』の一部の、重要な書き換えがここで行なわれているからだ。分野を問わず真摯な表現者の多くが、自分はひとつひとつの作品を作っているのではなく、生涯をつうじてひとつの仕事をしている、と表明している。享受する側もまた、生涯をつうじてその仕事に同伴し、またそれによって、こちら側の、可変的なもうひとつの生き方を作り出していければ幸いであると思う。

そのような関係性を感じられる同時代の作家は、誰にとっても多くはないだろう。作品にしても一回性のパフォーマンスにしても、娯楽、刺激、暇つぶし、ファッションとして消費されてしまう傾向の強い現代社会において、見事な仕事ぶりと、真摯な一個人としての生き方を重ね合わせようとするなら、当然のごとく、「情報」の意味やその仕組み、また挙動を問いただすことになる。本書でも、現在進行形の事態とその意味についてはもちろん、情報の挙動や受け止め方について、重要な検証が行なわれている。

ソンタグのテクストを私が訳したものが一冊の書物として刊行されるのは、今回が初めてだ。そこで簡単に私の立場を記しておきたい。「混濁した声」の一方である「語る声」での付き合いが二十年以上続いている。友人として、通訳として、また共同作業者として（E・A・ポーをテーマにした舞踊作品の台本を依頼）。だが最近だけでも、湾岸戦争時、セルビア空爆時、そして今回の世界貿易センタービル攻撃に際しても、通信を交わしたり、たまたま同じ都市に滞在していたりで、ソンタグの講演やテクストを私が訳すという巡り合わせになった。

そのたびに強烈な触発を受ける。ここは正直に言おう。ソンタグの発言が正しいか否か――もっと卑劣な次元で言えば、受け売りするのに役立つものか否か――という次元ではなく、その徹底した思考にである。真摯な一個人として屹立し、なお、そういう存在に不可避的なものとしての、他者への共感や「もうひとつの現実」への洞察。そのうえで、絶え間なく、みずからの思考を点検し修正する姿勢。「同意見」であることよりも、「同姿勢」でありたいと思わせるのはそこだ。

本書は、数年前からソンタグのエッセイ集出版の希望を伝えてくださっていたＮＴＴ出版の本田英郎氏と私、それからソンタグ本人の三人で構成を検討したもので、日本独自の編纂となっている。その幸運な作業が、はからずも９・11の事態によって加速されたことには、二重、三重の責任を読みとらざるをえない。ここにスーザン・ソンタグに深く感謝する次第である。まずは、少しでも多くの方に、徹底して思考するこの作家の奮闘ぶりに触れていただきたいと願う。

木幡和枝

二〇〇二年一月

©Annie LEIBOVITZ

著者　スーザン・ソンタグ（Susan SONTAG）

1933年生まれ。批評家・作家。米国で最も精力的な知的営為を続ける批評家のひとり。著書＝『ハノイで考えたこと』『写真論』『ラディカルな意志のスタイル』（以上、晶文社）、『隠喩としての病い・エイズとその隠喩』（みすず書房）、『反解釈』（ちくま学芸文庫）、『火山に恋して』（みすず書房）など。99年に発表した小説『In America』は、2000年のNational Book Awardを受賞した。最新作は、エッセイ集『Where the Stress Falls』（2001年）。また、『オペラシティの彼方に』（磯崎新対談集、NTT出版）や『シンポジウム3』（柄谷行人編著、太田出版）に対話が採録されている。

訳者　木幡 和枝（こばた かずえ）

上智大学卒。アート・プロデューサー。東京芸術大学先端芸術表現科教授、P.S.1現代美術センター（ニューヨーク）客員キュレター・東京代表。共編著書＝『スーパーレディー1009』（2巻、工作舎）、おもな翻訳書＝ライアル・ワトソン『生命潮流』（共訳、工作舎）、ライアル・ワトソン『風の博物誌』（河出文庫）、ジョージア・オキーフ画集『花』（リブロポート）、セオドア・ローザック『地球が語る――〈宇宙・人間・自然〉論』（ダイヤモンド社）、トニー・ゴドフリー『岩波　世界の美術　コンセプチュアル・アート』（岩波書店）など。

この時代に想う　テロへの眼差し

2002年2月5日初版第1刷発行

著者　スーザン・ソンタグ

翻訳　木幡 和枝

デザイン　松田 行正

編集協力　高田 明

発行者　吉田 肇

発行所　NTT出版株式会社
〒153-8928 東京都目黒区下目黒1-8-1アルコタワー11F
営業本部　Tel.03-5434-1010　Fax.03-5434-1008
出版本部　Tel.03-5434-1001　http://www.nttpub.co.jp

印刷・製本　中央精版印刷株式会社

ISBN 4-7571-4034-7　C0095
乱丁・落丁本はおとりかえいたします。

Printed in Japan

定価はカバーに表示しています。